京の鬼神と甘い契約

〜天涯孤独のかりそめ花嫁〜

栗栖ひよ子

STARTS
スターツ出版株式会社

目次

京の鬼神と甘い契約

～天涯孤独のかりそめ花嫁～

第一話　キケンな鬼神様の花嫁になりました

十月初めの京都《きょうと》は、まだ夏の残り香が漂っている。

私――栗原茜《くりはらあかね》がパジャマ姿で部屋の窓を開けると、慣れ親しんだ匂いを風が運んできた。

秋の気配もだんだん濃くなってきた、祇園《ぎおん》の匂い。和菓子や、舞妓《まいこ》さんのおしろい、伝統様式を取り入れた木造家屋。それに混じる、コンビニの灯りや車のエンジン音。古いものと新しいものが調和した、古都ならではの匂いだ。

薄紫色に沈んだ、見慣れた木造の町並み。あのお土産物《みやげもの》屋さんも、あのカフェも、まだ眠っている。

早朝に二階から見下ろす、息をひそめたこの町が、私は好きだった。

パジャマを脱ぎ、身支度をする。長袖だと暑い日もあるけれど、今日はちょうどいいみたい。落ち着いたピンク色の、上下が分かれている簡易着物に着替え、白いエプロンをつける。肩で切りそろえた栗色の髪はたんねんにブラシでとかして、顔に落ちてこないよう耳のところでピンで留め、全身を鏡でチェックする。

十九歳にしてはやや幼い容姿だが、毎日着ているだけあって大人っぽい着物もなじんでいる。よし、と満足したあと、私は茶の間に続く襖《ふすま》を開けた。

「おじいちゃん、おはよう」

「ああ、おはようさん」

祖父の肇《はじめ》は、ちゃぶ台の前に座って緑茶を飲みながら、新聞を読んでいた。細くて小柄ながら、もうすぐ七十歳とは思えないほどぴんと伸びた背筋。頭のてっぺんが寂しくなってきた白髪は、さっぱりと短く整えられている。

身につけているのは紺色の作務衣《さむえ》。家ではほとんどこの格好で、営んでいる和菓子店では白い板前服だから、祖父はワードローブが極端に少ない。

「茜。何回も言うようやけど、朝からわざわざ着物に着替えて家事をするのは大変やないんか？」

茶の間とつながっている小さな台所に立つ私の後ろ姿に、祖父が声をかける。

「えー？」

私は鮭《さけ》の切り身を焼いて、お味噌汁《みそしる》の具にする豆腐とネギを切りながら生返事をする。炊きたてご飯と、お味噌汁と焼き魚。祖父の大好きな和食の朝ごはんだ。

「だってパジャマを脱いで普通のお洋服を着て、またお仕事の前に着物に着替えたら、二回も着替えることになっちゃうでしょ。だったら着物のまま家事をしたほうがいいじゃない。エプロンは取り替えているし、問題ないかなって」

「問題はないが。なんなら、パジャマのままでもわしはかまわんよ」

「それはなんだかだらしない感じがしちゃって嫌なの」

初めてこの祇園――おじいちゃんの店に足を踏み入れたとき。

『この素敵な古都に恥じないような、〝しゃん〟とした人間になろう、ちゃんとおじいちゃんの言うことをきいていい子でいよう』

そう子供心ながらに決心した。そうしたら、町が私を受け入れてくれるような気がしたのだ。その気持ちは今も変わっていない。

小学三年生のとき両親を事故で一度に失った私は、父親の仕事の都合で住んでいた茨城《いばらき》から、父の故郷であり祖父が住んでいる京都に引っ越した。

数回しか会ったことのない私を祖父が引き取って育ててくれたのだ。京都の人は冷たい、と教えられていたけれど、祖父も周りの人もみんな優しくしてくれた。

それから十年がたち、今はもうすっかりここが私の〝故郷〟になっている。

祖父の店を継ぎたくて、中学生からずっと店番のお手伝いをしてきたし、この春に高校を卒業してからは和菓子作りも少しずつ教えてもらっている。

「できたよ、おじいちゃん。ちゃぶ台の上、片づけてね」

「おお、今日もうまそうだ」

家事は、祖父の役に立ちたくて自主的に覚えた。祖母と早くに死別した祖父もひととおりの家事はできるが、もう歳だし無理をしてほしくない。そんなこんなで、高校生になったころには家事の一切を私が取り仕切っていた。

放課後はお店の売り子をして、終わったら夕飯を作る。正直大変だったけれど、大好きな祖父と長く一緒にいられて、祖父に楽をさせてあげられることがうれしかった。

しんどくなったときに思い出すのはいつも、授業参観でお母さんたちに交じって教室の後ろに並ぶ祖父の照れた顔や、運動会の親子二人三脚で一緒に走ってくれた、汗だくの祖父の姿だ。

お店を継いで和菓子職人になるのを強制されたことはないけれど、いつの間にか自然と祖父のあとを継ぎたいと思うようになっていた。

いつだったかは覚えていない。もしかしたら、この家に来たときからそう思っていたのかもしれない。そう感じるくらい祖父の作る和菓子は素朴で優しくて、心をホッと温めてくれるものだったから。

さらに和菓子を作る祖父の後ろ姿はかっこよくて、それを毎日見ていた私が和菓子職人を目指すのは必然だったように思える。

「そういえば茜は、好きな人とかおるんかあ？」

ふたりで黙々と朝食をとっていると、祖父が突然柄じゃない話題を切り出した。いつも食事のときは静かに食べるのに、珍しい。

「どうしたの、急に。今までそんなこと、聞いてきたことなかったのに」

「いや……。例えばうちの弟子たちの中で気になるやつはおらへんのかな、と思うてな」

「うちの弟子って言ったって……」

和菓子職人の見習いとして働いているお弟子さんたちが、うちの店には三人いる。

一番弟子の小倉《おぐら》さんは、実家が滋賀《しが》県で和菓子店を経営している。祖父同士が知り合いなので、うちに修行に来ているのだ。

そして、専門学校を卒業したあとうちで働くことになった安西《あんざい》さんと佐藤《さとう》さん。全員、二十代後半くらいだったと思う。

「みんな、私が小学生のときからうちで働いているし……。そんなふうに考えたことはないかな」

そう答えて、お味噌汁に口をつける。

「そおか？」

祖父は少しがっかりしたようだった。

「茜。けどな、もしおじいちゃんが死んだらな、小倉くんたちと協力して仲よく店をやっていくんやで」

唐突な言葉に、焼き魚をほぐす手が止まる。

「なんでそんなこと言うの……？　おじいちゃん、どこか悪いの？」

たずねながら、手元が震える。

「どこも悪いことあらへん。ただな、もうわしも歳やし、茜より早く死んでしまうのは確実やから、心配でしようがあらへんねん」

祖父は私より先に死んでしまう。それは私が祖父に引き取られたときからずっと目の前に横たわっている不安で、見ないようにしていた問題でもあった。

絶対に起こることなのに、遠くて違う世界のように思える。そんな日が来ると想像するだけで、呼吸さえもぎこちなくなるくらい怖い。

「それは、そうだけど。でも」

「弟子のだれかと結婚しろとか、強制するつもりはないんや。ただそうなったときは小倉くんたちを頼ってほしいってことを、覚えておいてほしいだけや」

そんな遺言みたいなこと、言わないでほしい。

でも、ここで私が深刻な顔をしたら、この不安が現実のものになってしまう気がして、私は無理やり笑顔を作った。

「……わかった。そのときはみんなでがんばるね。でも、もっと長生きしてくれなきゃ嫌だよ」

「もっとも。そう簡単に茜を置いて逝ったりせえへん」

「本当だよ？」

まだ成人式の晴れ着姿だって見せていないし、恋人すらいないけど、いつかは花嫁姿だって見せたい。祖父と腕を組んでバージンロードを歩けたら、どんなに幸せだろう。

「おじいちゃんが変なこと言うから、びっくりしてごはんが喉を通らなくなっちゃったよ」

「すまんすまん。ごはん時《どき》にする話じゃあらへんかったかな」

「そうだよ、もう」

私は笑いながら祖父の肩を叩《たた》く。

食事が終わって洗い物をしながら、祖父の言葉を考える。

恋愛については奥手で学生時代も好きな人はいなかったし、お弟子さんたちをそういう目で見たこともない。小学生のころはよく遊んでくれたし、私にとってはお兄ちゃん代わりという感覚だったから。

祖父がこんなことを口にするようになったのも、私が十九歳になったからなのかな、と思う。祖父と祖母は二十歳で結婚したらしいから、まったく恋人ができない私が心配になったのかもしれない。

今まで和菓子のことに夢中で恋愛に意識を向けてこなかった。それでいいと開き直っていたけれど、祖父が心配するならこれからは考えたほうがいいのだろうか……。といっても、急に好きな人ができるわけじゃないけれど。

ひととおりの家事を終え、二階の住居から一階の店舗に下りてゆく。厨房《ちゅうぼう》に続く扉を開ける前に着物の乱れを直した。

「おはようございます、小倉さん。今日もよろしくお願いします」

厨房に入ると、背の高いがっしりとした姿が見えた。坊主頭で強面の男性は小倉さんだ。白い板前服と板前帽には、『和菓子くりはら』の刺繍《ししゅう》が入っている。

「お嬢さん。おはようございます」

口角を上げただけの笑顔も、低くて抑揚のない声も、この人の生真面目な性格を表している。頭が硬くて融通がきかないところはあるけれど、みんなのリーダーで頼りになる人物なのだ。

「おはようさん」

続いて、ぽっちゃり体型で温和な安西さん、一休さんのような見た目に眼鏡をかけている佐藤さんも声をかけてくれた。

先に店に下りていた祖父は、すでに仕込みを始めている。

現在、午前七時。十時のオープンまで、あと三時間だ。小倉さんたちは器用に手を動かして、大福や鹿《か》ノ子《こ》を作っている。

和菓子店の朝は早い。今の時期はまだいいけれど、冬になると寒くて手が思うように動かないときもある。あんこは六時から炊き始めるので、祖父と小倉さんたちは私より一時間以上も前に来て準備を始めている。そのぶん店じまいや帳簿を書くのは私が担当して、夕方長めに働くことにしている。

いつもだったら祖父がすでにあんこを炊き始めているはずなのに鍋が火にかかっておらず、あれっと首を傾げる。

「茜。こっちにおいない」

「はい」

祖父に鍋の前で手招きされ、私は不審に思いながらも言われた通りにして祖父の言葉を待った。

「今日は茜があんこを炊いてみい」

「えっ……いいの？」

私は驚いて、目を見開いてしまった。

あんこは『店の顔』と評されるほど大事な部分である。今まで練習であんこを炊かせてもらったことはあるけれど、お客様に出すものを作ってみろと指示されたのは初めてだ。

「もうそろそろ、いい頃合いやと思う」

祖父は職人の顔になってうなずく。

「はい。……やらせてください」

私も表情と気持ちを引き締めて返事をした。

小豆《あずき》を吹きこぼしてから砂糖を入れる。粒をつぶさず、つやつやのあんになるように、慎重にかき混ぜていく。

あんこも、どら焼きも、ようかんも、祖父の味は全部覚えている。ずっと祖父の和菓子ばかり食べてきたから。

考える前に、感覚が祖父の味を追っていく。集中すると味覚がどんどん研ぎ澄まされて、周りの音が遠くに聞こえるのを感じた。

あんこ炊きでいちばん大変なのは最後の練り上げだ。一時間以上も、炊き上げたあんをしゃもじでかき混ぜなければいけない。力がいるだけでなく、繊細さも必要な作業である。

つぶあんを仕上げるには五時間以上かかる。気づけばお昼を過ぎ、その間に店は開店時間になったが、いつもだったら私がやるはずの売り子としての仕事は祖父たちが代わってくれた。

鍋の中のあんは、つやつやと輝いている。粒もつぶれていないし、甘さもちょうどよさそう。

「……できました」

ふう、と額の汗を手の甲でぬぐって、祖父のために鍋の前を空ける。

「どれどれ」

スプーンを鍋に沈め、あつあつのあんを口に運んだ祖父は、目を見開いた。

「……びっくりやなあ。一瞬、自分が炊いたあんこかと思うたでぇ」

「ほんとに？」

「ああ。あんこ作りに関しては、茜はもう弟子たちを抜いてしもうたかもしれへんなあ」

祖父は褒め言葉をしみじみとつぶやく。こんなふうに言ってもらえるのは初めてだから、うれしくて体温が上がる。

「ありがとう。でも、それ以外はまだまだだから、がんばらないと」

「茜は上達が早いよってに、すぐ一人前になれる。子どものころから、おじいちゃんのマネをして和菓子を作ってたおかげやなぁ」

「あれはおままごと気分だったから……」

昔から厨房に出入りして、祖父が与えてくれた〝こなし〟で動物の形を作ったり、あんこを丸めたりしていた。祖父も、『こうするともっとウサギっぽくなる』とか『ここにはこうやって切れ込みを入れるといい』とアドバイスしてくれた。お店のことで忙しい祖父と〝遊んでもらっている〟と感じられる貴重な時間だった。

「なんでも最初は遊びから始まるもんや。勉強とか楽器とか、スポーツやてみんなそうやろ？」

「言われてみれば、そうかも」

まだ両親が生きていたころに習っていたピアノも私は遊び半分だったけど、そこからプロを目指す人だっているんだから。

祖父との宝物のようなセピア色のあの時間が、今の私につながっているんだったらとてもうれしい。

「明日はこのあんこでお菓子を作るしなぁ。茜とわしと、ふたりで仕上げたお菓子が店に並ぶんやで」

「そっか。初めての共同作業だね」

「それはちと意味が違うんやないか？」

そう言ってふたりで笑い合う。

明日はきっと、あんこを使ったお菓子が目の前で買われるたびにドキドキしてしまうだろう。

いつものあんこと同じくらいおいしいと思ってもらえますように。

私は、明日が早く来てほしいような、でもやっぱりもう少し心の準備が欲しいような、そわそわした気持ちでお鍋の蓋を閉めた。

次の日の朝。茶の間に入ると、いつも私より先に起きているはずの祖父の姿が見えなかった。

寝坊しているのかな、珍しい。

おかしいなとは思いながらも、朝食ができるまでは寝かせておいてあげようと料理の準備を始める。

「おじいちゃん、起きてる？」

ネギ入りの卵焼きができあがったタイミングで、おじいちゃんの寝室の襖をぼすぼすと叩いた。返事はない。

「おじいちゃん？　まだ寝てるの……？」

そろそろと襖を開けて目に入ったのはきっちり敷かれた布団と、横になったままの祖父の姿。

「おじいちゃん、もう朝ごはんだよ。起きて」

枕元に座って祖父の肩を揺さぶる。でも、閉じられたまぶたもまつげも、ぴくりとも動かない。

「……おじいちゃん？」

不審に思って頬に触れると、冷たかった。

「……っ！」

声にならない声が空気を揺らす。

「お、おじいちゃん！　おじいちゃんっ……！」

必死で布団越しに祖父の身体を揺らすけれど、芯が冷えた頭の中ではわかっていた。

祖父はもう、その命の灯火を消してしまったんだって。

「おじいちゃん……」

呆然《ぼうぜん》とし、動かない祖父の表情から目を離せないまま、その場にへたり込む。

こういうときって、どうしたらいいんだっけ。救急車を呼ぶ？　それとも、警察？

はぁはぁとあえぐように息をして、ガタガタと震える手で携帯電話を操作する。

一一九番にかけ、救急隊員の人になにかを質問されて、いくつか返したことは記憶している。でも、そのあとのことは、そこに私が存在していたか疑うほどほとんど覚えていない――。

お通夜と、告別式。そして初七日の供養を終えてもまだ、私の頭には霞《かすみ》がかかっていた。

喪服のまま、仰向けになって畳に寝転ぶ。ゆっくり視線を上げると、狭い茶の間に設置した祭壇がさかさまに目に入った。

遺影で笑っている祖父も、位牌《いはい》に書かれた戒名も、私の知っているおじいちゃんとつながらない。あれだけ葬儀でも火葬場でも現実を突きつけられたのに、いまだに『なにかの間違いだ。きっと夢だ』と疑ってしまう自分がいた。そんなわけないって、わかっているのに。

祖父を検死したお医者さんが『くも膜下出血で、ほとんど苦しまなかったと思いますよ』となぐさめるように言ってくれた。それはおじいちゃんにとってはよかったことなのかな。だけど私はまだ、それが救いとは思えなかった。

「そう簡単に逝かないって、約束したのに……っ」

おじいちゃんに褒めてもらったあんこも、和菓子にできずじまいだった。私の作ったあんこが祖父の手でお菓子になるのを、あんなに楽しみにしていたのに。

握りしめた手のひらに爪が食い込む。じわりと涙がにじんできた、そのとき。

裏口玄関のチャイムがぴんぽーんと鳴った。

「お嬢さん。大丈夫ですか」

「小倉さん……」

下に下りてみれば、そこに立っていたのは先ほどの初七日にも出席してくれた小倉さんだった。

「このたびは、本当にいろいろ、ありがとうございました……」

葬儀のことなんて右も左もわからない私に代わって各所に連絡を入れてくれた小倉さん。一一九番をしたあと小倉さんに電話をしたら、『お嬢さん、落ち着いて。すぐそちらに向かいますから』とすぐに駆けつけてくれた。

小倉さんがいなかったら、こんなにしっかりと祖父を送ってあげられなかったかもしれない。

「そんなこと……。俺も師匠には、よくしてもらいましたし」

小倉さんは、軽く頭を振って目線を落とす。

「……はい」

自分が死んだら、弟子たちを頼って店を守ってほしい。亡くなる前日の祖父の言葉が脳裏によみがえった。

『すまんすまん』と頭をかいていたのに、本当に遺言になっちゃったよ、おじいちゃん。

「あの、小倉さん。お店のことなんですけど……」

今、お店は臨時休業にしている。でも初七日も終わったし、いつまでも閉めておくわけにはいかないだろう。営業再開のことを詳しく相談しようと思って話を振ったのだけど。

「ああ、そのことなんですけど。さっそく明日から開店させようと思うてます」

いつものように口角だけ上げて微笑んで、小倉さんはさらっと告げた。

「え……？　あ、そうなんですか？」

どうして『開店させたいんですがどうですか？』ではなく、すでに確定している口調なんだろう。

「はい。安西と佐藤にも連絡しておきました」

「あ……。ご連絡、ありがとうございます……」

こちらが戸惑っていても、彼の表情は変わらない。

反射的にお礼を述べてしまったけれど、これは小倉さんひとりで決めていいことなのだろうか。店の代表者が変わるのだから、手続きなども必要になってくる。

「あっ、でもあの、せっかく決めていただいたのに申し訳ないんですけど、いったん役場の人に相談してからのほうが……」

失礼になると躊躇《ちゅうちょ》しつつも思いきって意見したのに、小倉さんは嘲笑するようにふっと笑った。

「お嬢さん。あなたはすでに、私に指図できる立場やないんですよ」

「えっ？」

「もう、和菓子くりはらの代表は俺なんですよ」

「……どういうことですか？」

この人は、本当に私の知っている小倉さんなのだろうか。不器用で誠実だったはずの彼が、今は私をバカにしたように見下ろしている。

「まだわからないようですね。これを見てください」

小倉さんがスーツの内ポケットから取り出したのは、白い封筒だった。封を無造作に開けると、折りたたまれた便せんを広げながら私の目の前に突きつけた。

「これは……？」

「師匠の遺書ですよ。亡くなる前に書いてくれたはったんです」

「い、しょ!?」

目を見開いて、筆ペンで書かれた文字を穴が空くほど見つめる。文章の意味を理解する前に『ああ、おじいちゃんの字だ……』とぼんやり思った。

「内容、わかりましたか？　もし茜が成人する前に自分が死んだら、『和菓子くりは』は小倉に任せる……そう書いてあります。ちゃんと署名もしてありますから」

文末に【栗原肇】という署名と日付があり、判子も押してある。日付は、つい最近のものだった。

「本当に、おじいちゃんが……？」

筆跡が確実に本人のものなのに、心の中では信じきれなかった。

だって、なにも聞いていない。おじいちゃんが遺言を小倉さんに託したなら、私にちゃんと話してくれるはず。

「……あ」

亡くなる前日に、不自然に切り出された話。あれはもしかして、遺言のことを匂わせていたのだろうか。

でも祖父は、弟子たちみんなで協力して、と言っていた。なのに小倉さんの態度はまるで独裁者のよう。

「安西も佐藤も、俺が店長になることに同意してくれました」

ぎゅっと唇を噛《か》む。ここまで決まっているなら、今は折れるしかなさそうだ。

「……わかりました。店長には小倉さんになっていただくということで、あとはみんなで今まで通り――」

精いっぱい譲歩するつもりで絞り出した言葉。なのに小倉さんから返ってきたのは予想もしなかった答えだった。

「なにを言うたはるんですか？　あなたにはこの店からも家からも出ていってもらいますよ」

「――え？」

一瞬、周りの時間が止まったような気がした。『冗談ですよ』という言葉を期待したのに、沈黙を揺らすのは私の震える唇から漏れた吐息だけだった。

「ど、どうしてですか？　お店も家も、ずっとおじいちゃんと一緒に暮らしてきた思い出の場所で……。それに出ていけと言われても、行く場所なんて……」

唯一の身内だった祖父が亡くなったことで、私には身を寄せる場所もなくなったのに。

そして、唐突に理解する。

ああ、そうか。私、ひとりぼっちになっちゃったんだ。

両親を亡くしたときは、おじいちゃんがいてくれた。おじいちゃんが亡くなったときも、店の存在に守られていた。でも、その両方が失われるのだと実感したとき、初めて〝孤独〟の意味がわかった。

こんなに、自分の中にぽっかり穴が空くようなものなんだ。怖くてたまらなくて、なにかにすがらないと立っていられなくなるものだったなんて。

足下が急に不安定になる。ぐらぐらとめまいが起きて、私は地面に膝をついた。

「……大丈夫ですか？」

うつむいた頭の上に、小倉さんの冷ややかな声が降ってくる。

なにもかもを奪うつもりなら、そんな表面だけの気遣いの言葉なんて欲しくなかった。

「あなたにそんなこと、言われたくない……っ」

かすれた声は、ほとんど悲鳴だった。

「だいぶショックを受けているみたいですね。でも大丈夫、俺は優しいから、ただお嬢さんを放り出すなんてことしません」

「……どういうことですか」

急におだやかになった口調に、うすら寒いものを感じる。

「条件があります。それをのんでもらえるなら今まで通りこの家に住んでいいし、店でも従業員として雇ってあげます」

小倉さんは、目だけが笑っていない能面のような笑みを顔に貼りつけたままだった。

どうしよう。こんな人が出す条件なのだから、きっとろくなものではないのだろう。でも私が我慢さえすれば、おじいちゃんの店と家を失わなくてすむ？

うなずきかけたとき、私の背後から知らない男性の声が飛んできた。

「そんな条件、きかなくていい」

りん、と音がするような涼やかな声。

「だ、だれだ、お前……！」

見るからに焦った様子の小倉さん。びくつきながら振り返ると、そこには黒色の着物姿の、驚くほど整った顔の男性が腕を組んで立っていた。首元には、ふわふわとした毛皮のようなものを巻いている。

毛先だけウエーブしたような癖のある髪は真っ黒で、白皙《はくせき》の面が際立っている。すっとした切れ長の目も通った鼻筋も彫刻のように美しい。

年齢は二十代半ばくらいで、身長は一八〇センチはあるだろうか。着崩した着物と飄々《ひょうひょう》とした振る舞いのせいで、ワイルドな印象を受ける。だけど、なぜか彼の周りだけひんやりした空気を感じた。

なんだか鋭利な日本刀みたいな人だ。キレイで、もっと近くで見たいと思うのに、近づくのが怖い。

「こいつは俺の店に必要だ。お前になどやらん。残念だったな」

彼はニヤリと笑うと小倉さんにそう言い捨て、私の手をつかんだ。

「え……。えっ？」

急な展開に頭が追いつかない。

「ほら、行くぞ。とっとと歩け」

彼は私に目もくれず、前を見て歩き出す。手を引かれて転びそうになりながら、あわてて歩調を合わせた。

「ちょ、ちょっと待ってください。俺の店って、どういうことですか？」

「あー……。説明するのが面倒だな」

そこを面倒がられると困るんですけど。

「和菓子店だ。新しく作ったばかりだから、まだ従業員はいない。住居の保証はする。……これでいいのか？」

かなりざっくりした説明だったけれど、なんとなくわかった。つまり、新規オープンの和菓子店に従業員として引き抜かれたってことだよね。この人は店長さんで、きっと経験者が欲しかったのだろう。うちの店に交渉に来てみたらちょうど、あの場面に出くわした。きっと、そんな感じだと思う。

「事情は理解しました。でもあの、ちょっと待っていただけませんか？」

「なぜだ？　まだあのろくでもない男に言いたいことがあるのか？」

彼はやっと、こちらを見てくれた。苦虫でも噛みつぶしたような顔をしている。

私はあがってきた息を整えてから、自分に言い聞かせるように告げた。

「祖父の位牌と遺影を持っていきたいんです。もうあそこには戻れないでしょうから」

私が歩をゆるめると、彼は手をつないだまま足を止めた。

「……わかった。ついでに当面の荷物も持ってこい。俺はここで待っている」

「は、はい。ありがとうございます」

彼は無表情だったけれど、私を見るまなざしがなんだかいたわるようだった。

もしかして、心配してくれた？　見た目よりは優しい人なのかもしれない。

立ち去りかけて、大事な質問をしていなかったことにふと気づいた。

「あ、あの、お名前を聞いていませんでした。私、栗原茜です」

彼はちょっと迷ってから簡潔に告げた。

「伊吹《いぶき》だ」

「伊吹、さん。あの……」

名字なのか名前なのか聞こうとして口を開くと、伊吹さんは眉をひそめた。

「とっとと行ってこい。遅いと置いていくぞ」

「は、はい」

前言撤回。心配してくれたように見えたのは気のせいだったようだ。でも、感情がはっきりと顔に出るのはありがたい。小倉さんみたいに冷酷な面をずっと隠してきた人よりは信用できる。

私が店の前に戻ると、まだ外を見張っていたらしい小倉さんと目が合った。

「荷物を取りに来ただけですから。すぐに出ていきます」

なにかを言おうとした彼をさえぎって、裏口から二階に上がる。

大きなボストンバッグと小さなショルダーバッグの中に、衣服やお財布などを詰め込んでいく。もともと持ち物が少ないので時間はかからなかった。

「あとは……」

ついでに喪服から動きやすいジーンズとトレーナーに着替えると、祭壇を見つめた。

「ごめんね、おじいちゃん。おじいちゃんまで一緒にここを離れることになっちゃって」

白い布のかかった台。そこから位牌と遺影だけをボストンバッグにそっと入れた。

「窮屈だけど、ちょっとだけ我慢してね」

そうつぶやいて、チャックを閉める。手が震え、おじいちゃんの笑顔の上に涙がぽたりと落ちた。

ダメだ、泣いちゃ。小倉さんにだけはこんな顔を見られたくない。

手の甲で乱暴に涙をぬぐうと、私は部屋の中を見回した。

「忘れ物……ないかな。あ……」

目に入ったのは、祭壇にのっている〝あるもの〟。そこだけぽうっと色づいたように、温かい色彩を放っている。

これも、持っていこう。

ショルダーバッグに入れると、顔に力を込めて階段を下りた。裏口の外では小倉さんが待っていたけれど、目を逸《そ》らすようにして通り過ぎた。

早足になっていると気づいたのは、伊吹さんが見えてホッとしたときだった。ゆっくりに戻した歩みを再度速めて、彼に駆け寄る。

「すみません、お待たせしました」

なにか文句を言われるかとドキドキしていたが、伊吹さんは静かな口調で「早かったな」とだけつぶやいた。

「あっ」

抵抗する前にボストンバッグをひったくられて、空いたほうの手で私の手を引く。

「行くぞ」

「……はい」

引っ込んだ涙がまた出てきたのはなんでだろう。知らない人と手をつなぐなんて嫌なはずなのに、今はありがたいと思うのはどうしてだろう。

会ったばっかりの、いい人なのか悪い人なのかもわからない伊吹さんに、救いを感じているなんて。

「お前、本当にいいのか？」

少し歩いたところで伊吹さんにたずねられる。

「なにがですか？」

家を出てきたことだろうか。それとも、伊吹さんについてきたことだろうか。

「あの男の持っていた遺書、正式なものではないぞ。ただの故人の希望ならば、お前が黙って従う必要はないんだぞ」

驚いて、息をのむ。それを伊吹さんが気づいていたのも意外だけど、その上で私を連れ出したことも、だ。隠していたほうが私を連れていきやすいのに、わざわざ話すなんて嘘《うそ》がつけない人なのだろう。

「そうですね。でも……」

私にとって大事なのは、正式な遺書なのかではなく、祖父がどう考えていたのかだ。祖父が本当に小倉さんに店を譲るつもりだったなら、私はその通りにしたい。それが、今まで私を育ててくれた恩返しだと思うから。

でも、もしあの遺書が嘘だったら――。

ダメだ。今は真実はわからないし、頭が混乱してうまく考えられない。

「まあ、どちらにせよ、あんな男と一緒に働きたくはないだろうな」

伊吹さんは黙ってしまった私の気持ちをそう解釈してくれたみたいだ。

鴨川《かもがわ》を渡って、祇園の西側に出る。河原町《かわらまち》五条《ごじょう》の辺りで、伊吹さんの手の力が抜けた。ちらっと見上げてみると、険しかった表情もゆるんでいる……気がする。

お店、この辺りなのだろうか。和菓子屋さんがありそうな雰囲気ではないけれど……。

そして、一軒の建物の前で伊吹さんは足を止めた。

「ここだ」

「……ここですか」

示された建物は、なにかのお店の居抜き物件らしいが、かなり古そうだった。和菓子くりはらと同じく木造二階建てで、一階がお店になっているタイプだ。

軒下には蜘蛛《くも》の巣が張っているし、外壁の木枠にも埃《ほこり》がつもっている。でも、長く使われてきた味のある建物だというのは見てとれる。ちゃんと掃除をして暖簾《のれん》などの装飾を加えれば、素朴ながらも風格のあるたたずまいになりそう。

「あの、まだオープン前なんですよね。いつごろ開店する予定で――」

外装にも手を加えるとしたら時間が足りるだろうかと懸念してたずねると、伊吹さんは首を横に振った。

「いや、もう和菓子を並べてある」

「ええっ」

暖簾すらかかってなくて、店の名前もはっきりしないのに？　第一こんな見た目じゃ、お店が開店しているなんてだれも気づかないのでは……。

「というか、今って開店しているのにお店にだれも人がいない状態ってことですよね」

さっき、従業員はまだいないと言っていた。この人、店長なのに自分の店をほうって出歩いていたの？

「そうなるな」

「だ、ダメじゃないですか！」

「うるさいな。どうせ和菓子を盗むやつなんていないないだろ」

そういう問題じゃなくて……。

伊吹さんは鍵さえかけていなかったらしい引き戸を開けると、さっさと自分だけ店内に入ってしまった。

私、選択を間違えたのだろうか……と肩を落としながら彼の背中を追うと、店内にはびっくりするような光景が広がっていた。

「え……。う、うそ……」

飛びかかるようにして、正面に鎮座しているショーケースに近寄る。

その中には、華やかで繊細なお菓子たちが芸術作品のように並んでいた。

「なにこれ。すごくキレイ……」

ダリアの花びらのように細かなそぼろが施されたきんとん。〝山栗《やまぐり》〟は栗のツヤ感までリアルで、練り切りにハサミを入れて菊の花弁を表現する〝はさみ菊〟も精緻だった。

「気に入ったか？」

「は、はい。この和菓子、伊吹さんが作ったんですか？」

私は、ショーケースの中のお菓子に目が釘付けのままたずねる。

「ああ」

「す、すごいです。こんなガラス細工みたいなお菓子、見たことない……」

「手先は器用だからな」

器用とか、そういうレベルの出来ではないと思う。これはもう才能だ。

「自分で食べてもよくわからないから、味見をしてくれないか」

「はい、もちろん」

こんなすごいお菓子を作る人だけあって向上心が高いんだな。おいしいに決まってるのに、自分で判断しないだなんて。

華やかな上生菓子も食べてみたかったが、味を見るには定番のお菓子がいちばんだと、ショーケースから豆大福を手に取る。

店舗の半分は、喫茶スペースになっていた。二席あって、小さな木製テーブルに椅子が二脚添えられている。まだ拭かれていないであろう椅子に腰かけて、ショルダーバッグから懐紙を出し、その上に豆大福を置く。

束《たば》で使えばお皿代わりになる懐紙と、お菓子用の楊子《ようじ》である黒文字は、いつも持ち歩いている必須アイテムだ。

「いただきます」

手を合わせ、半分に切った豆大福を口に入れた瞬間、脳がフリーズした。

「……!?」

なんなのだ、この味は。甘すぎて、渋くて、しょっぱい。しかもあんこは硬すぎるし、餅の部分はやわらかすぎて、もはや餅ではなかった。

ごほごほとむせていると、伊吹さんが納得したようにうなずく。

「ほう。やはり、まずいのだな」

この人、まずいと知っていて私に味見させたの？

「どこがまずいのか教えろ」

「まず、あんこの味が……。甘すぎるし、えぐみがすごいです。小豆を煮るときに渋《しぶ》切《き》りしましたか？」

「渋切り？」

首をかしげられて、めまいがした。

小豆を何度も新しい水で煮て渋みを取ることも知らないなんて。

「伊吹さん。和菓子の作り方、どこで習ったんですか？」

「職人の手元を見て覚えた。勝手に食べるわけにいかなかったから、味は記憶できなかった」

言っていることが理解できない。

つまり伊吹さんは自己流で和菓子の作り方を学んで、知識がなにもないまま和菓子店を開こうとしたってこと？

「だからお前を呼んだんだ。なんとかしてくれ」

伊吹さんの顔は真剣だった。遊びでやっているわけではなさそうだ。

でも、私になんとかできるだろうか。まだ一度も自分で作ったお菓子を店頭に出したこともないのに。

「頼む。お前だけが頼りなんだ」

言葉に詰まる。たしかに、こんな特殊な状態の伊吹さんを弟子入りさせてくれるお店はなさそうだ。

ショーケースの中のお菓子を見つめる。このキレイなお菓子たちがおいしくなったところを見てみたくないと言ったら嘘になる。

技術は足りないけれど和菓子の味には詳しい私と、技術だけがあって味オンチの伊吹さん。ふたりでがんばれば、なんとかなるんじゃないだろうか。

なにより伊吹さんは私を助けてくれた。世界中でひとりぼっちになってしまったような気持ちのときに、私を必要だと言ってくれた。

覚悟を決めて私は椅子から立ち上がり伊吹さんと向き合った。

「……わかりました。まずは店舗の掃除から始めましょう。そのあと、基本的な和菓子の作り方を覚えてもらいます。ちゃんとした商品が並べられるようになるまで開店はおあずけです。それでいいですか？」

「ああ」

えらそうな口調になってしまったことが不安で表情をうかがうと、伊吹さんはうれしそうに微笑んでいた。

ひんやりして少し怖かった雰囲気がやわらぐ。笑うと少年のような顔になるのが意外で、目が離せなかった。

「……どうした」

「すみません、なんでもないです」

あわてて目を逸らし、首を横に振る。

今日はもう夕方だからということで、本格的な作業開始は明日からとなった。

二階の住居を使っていいと言われ荷物を運んだが、茶の間も、ふたつある和室も、使われている形跡がなかった。

「あの……。伊吹さんはどこに住んでいらっしゃるんですか？」

今までここで生活していたのではないなら、近くに家があるのだろうか。さすがに伊吹さんと一緒に住むわけにはいかないけれど、ここを私が占領してしまっても大丈夫なのだろうか。

心配になってたずねたのに、伊吹さんは無言で私をにらみつけた。

刃物を押しつけられたみたいに背筋が冷えて、さっきは親しみを覚えた気持ちがまたすうっと遠くなる。

「余計な詮索はするな」

「ごめんなさい……」

彼の顔はとても怖かった。プライベートを探られるのが嫌いなタイプなのだろうか。なんにせよ、仕事以外のことはたずねないほうがよさそうだ。

少し寂しく思いつつも、伊吹さんとはビジネスライクに徹しようと決めた。

二階の住居を見て回ると、お風呂とトイレ、狭めのキッチンがついていた。六畳の個室には、年季の入ったちゃぶ台と、小さめの箪笥《たんす》がそなえつけてある。押し入れの中に布団もひとそろいあった。これだけあれば不自由せずに暮らせそうだ。

さすがに今日は疲れたので早めに寝ようと決める。コンビニの漬物とレトルトのご飯で作ったお茶漬けを食べ、お風呂に入り終わると、外はもうすっかり暗くなっていた。

濃紺の夜空には、まあるい栗きんとんのような月が輝いている。窓から空を見上げて、今日が満月だということに気づいた。

月なんて、ここ一週間まったく見ていなかったな。

箪笥の上に置いた祖父の遺影にも、月の光がやわらかく落ちている。

おじいちゃんがいなくなって、自分の時間が止まってしまったような気持ちになったけれど、世界は今まで通り回っている。お腹がすけばごはんを食べるし、お風呂にも入るし、月だって丸くなる。

なんだか現実離れした出来事に遭遇したせいで、かえって現実を受け入れられたみたいだ。

大事な人を失っても、なにも変わらず時間は流れてゆく。光を反射した祖父の写真に『がんばれ』って言われているような気がした。

私、がんばるよ、おじいちゃん。ちゃんと食べて、眠って、ここで和菓子を作って生きてゆく。そうしたらいつか、お店を取り戻せる日だって来るかもしれない。

家もお店もあきらめないでいよう。そう決意してお布団に入ると、初めての場所だというのに驚くほどすとんと、私は眠りに落ちていた。


「ウゥ……グウゥ……」

苦しげなうめき声が聞こえる。

「……ウウゥ……」

獣のような低い声。外に野犬でもいるのだろうか。いや、これはもっと近くから——。

半分夢の中だった私の意識は、声が家の中から響いていると気づいた瞬間、一気に覚醒した。布団から身体を起こし、冷や汗をかきながら部屋の中を見回す。

……なにもいない。襖の向こうの和室にも、キッチンとつながった茶の間にも、生き物の気配はない。

断続的に聞こえるうめき声は、私の足下から響いてくる気がする。

まさか一階のお店に野犬が迷い込んだ？　それとも、泥棒？

どうしよう。伊吹さんに連絡しようにも連絡先を知らない。警察に通報しようと考えたけれど、もしただの犬だったら警察の人に迷惑をかけてしまう。

バレないようにちらっとだけ確認しよう。もし泥棒だったら、急いで二階に上がって鍵を閉めればいいだけ。

携帯電話のライトで足下を照らして、パジャマ姿のまま階段をそろりそろりと下りていく。一階に近づくごとに大きくなるうめき声が、私の心臓をばくばくと暴れさせた。

厨房は異常なしだった。ホッとしつつ、店舗スペースのほうをそろりとのぞく。

満月の光が差し込むだけの暗い空間。そのショーケースの裏辺りで、もぞもぞと動く大きな影があった。

ばくんと心臓が跳ね、喉からひゅっと息が漏れる。

大きな黒い塊を凝視する。その塊は、ぬるりと動くと私を見た。

「……えっ」

野犬だと思っていたそれは、伊吹さんだった。でも、私が昼間見た彼ではない。髪の毛は白く染まり、目が血走ったように赤く光っている。そして頭から伸びているふたつのでっぱりは……角？

「伊吹、さん……？」

おそるおそる声をかけると、伊吹さんらしき人物は牙を見せて「グウゥ」とうなった。

「ひっ」

まるで鬼のような形相に臆して、一歩後ずさる。

「あか……ね……」

「え？」

彼は私の名前を呼んだ。震えながらも目を逸らさずに観察すると、彼は首元を押さえていた。伊吹さんが昼間は襟巻きで隠していた部分だ。

「おれ……に……かまうな……」

伊吹さんは苦しげにつぶやくと、身体を丸めながら再びうめき始めた。

「そんなわけにいかないでしょうっ」

もう恐怖なんて関係なかった。目の前で人が苦しんでいるのだ。私に仕事と住む場所を与えてくれた人が。

私は伊吹さんに駆け寄り、その背中をさすった。

「大丈夫ですか、伊吹さん。苦しいんですか？」

よく見ると、首にはぐるりと一周するように、痛々しい傷跡があった。

まるで首を切られたあとみたい。この古傷が痛んでいるのだろうか。

「首が痛いんですか？　お薬はありますか？」

救急車を呼ぶのはまずい感じだし、持病だとしたらこういうときに飲む頓服薬《とんぷくやく》があるはず。そう思ってたずねると、意外な単語が返ってきた。

「和菓子……を……」

「和菓子？」

糖分が欲しいのだろうか。ショーケースにある伊吹さんの作った和菓子を与えればよい？　いや、ここで苦しんでいたということは、きっとそうではないはず。

「ちょっと待っててください！」

階段を上り、二階の部屋に向かう。ボストンバッグから取り出したのは、柿の形の〝ういろう〟だった。祖父の祭壇に供えていた和菓子を遺影と一緒に持ってきたのだ。

「伊吹さん。祖父の作った和菓子です。食べてください」

戻った私はういろうを黒文字で小さく切り、伊吹さんの口元に近づけた。時間がたってぱさぱさになっているけれど、今はこれに頼るしかない。

「ウ……ウゥ……」

牙のはえた、とても人間のものではないような口で、伊吹さんはお菓子を飲み込んだ。

「よかった、食べた……」

荒かった呼吸が心なしか少し落ち着いたような気がする。

「ちょっとずつでいいですからね。あ、そうだ。喉に詰まらせるといけないので、お茶もいれてきますね」

厨房にお茶っ葉があったので、ぬるめの緑茶をいれる。

小さく切ったお菓子を食べさせ、お茶を飲ませて。そのあとはずっと伊吹さんの背中をさすっていた。

いったい何時間たったのだろう。外がほのかに明るくなるころには、伊吹さんの具合は落ち着いていた。髪の毛も黒に戻り、角もなくなっている。

私にもたれかかるようにして目を閉じているのは、すっかり普通の伊吹さんだ。あの鬼のような姿はなんだったのだろう……。ありえない出来事すぎて、そもそも夢だったような気もする。

白み始めた窓の外を眺めながらぼんやり考えていると、伊吹さんがぴくりと動いた。

「伊吹さん？　気分はどうですか？」

声をかけると、ゆっくりとまぶたが開かれる。煌々《こうこう》と輝いていた赤い目は、吸い込まれそうな黒に戻っている。

ああ、よかった。そう安心してホッと息をついたのに、伊吹さんはがばりと勢いよく起き上がる。

「あっ、そんなに急に起き上がっちゃ――」

「くそっ……。油断した」

伊吹さんは私の声を無視してガシガシと頭をかく。表情にも焦りが見えるが、どうしたんだろう。

「伊吹さん？」

もう一度呼びかけると、伊吹さんはゆっくりと私を見た。

「お前、見ただろ。あの姿を」

「は、はい」

うなずくと、伊吹さんは絶望したようにうなだれた。もしかして知られてはまずいことだったのだろうか。

「あの姿は、なんなのですか？　伊吹さんは……人間なんですか？」

それを聞くには勇気がいったが、こうなった以上知らないふりはできない。

窓から差し込んだ朝日が伊吹さんを照らす。そして、神々しいくらい美しい男はこう言った。

「俺は……鬼神《きじん》だ」

「鬼神？」

鬼というのは、角からなんとなく予想できた。でもそれに神がつくということは、私が想像しているような鬼ではないのだろう。

「つまり……悪い鬼ではなく、いい鬼ってことですか？」

「まあ、そんな感じだな」

そうか、いい鬼なんだ。

胸をなで下ろすと、伊吹さんは立ち上がって、ぐっと握りこぶしを作った。

「……っ！」

広げて目の前に掲げられた手には、長い爪がはえていた。先端が刃物のようにぎらりと光る。この爪で首を切られたら、ひとたまりもないだろう。

「おそろしい目にあったのに、〝いい鬼〟で納得するなんて変わったやつだ。しかし、あの姿を見られたからにはお前を生かしておくことはできない」

恐怖で身動きがとれないまま、押し倒される。喉元に、ぴたりとつけられた鋭利な爪。

「か、神様なのに、人間を殺すんですか!?」

話と違うではないか。抗議を込めて叫ぶと、伊吹さんはあっさりとうなずいた。

「仕方ない。決まりだからな」

「そ、そんな……」

恐怖と絶望に染まっているであろう私の顔を、伊吹さんはニヤリと笑いながら見下ろす。

「でも俺は、いい鬼だからな。なんとかできないこともない。俺だって、介抱してくれた人間を黙って殺すのは心が痛む」

愉悦を含んだような表情にも声色にも、心が痛んでいるようには思えなかったけれど、私だって黙って殺されるわけにはいかなかった。

「な、なんとかしてください！」

ふむ、ともったいぶって、伊吹さんはもう片方の手で指を一本立てた。

けた。

「実はひとつだけ方法がある」

「方法って……？」

腕や目をひとつ取られることくらいは覚悟したほうがいいだろう。でも、どうか、どうかもっとマシな方法でありますように。

祈る気持ちで聞き返すと、伊吹さんは笑みを浮かべたまま、キレイな顔を私に近づけた。

「茜。お前は俺の嫁になれ」

いつの間にか爪の引っ込んだ指が私の顎に添えられている。顎クイなんて初めてされたけれど、ときめいている余裕はない。

「よ、嫁、って……？」

耳に入ったセリフを、すぐには理解できなかった。

まさか花嫁という意味の嫁ではないよね？

「わからないのか？　夫婦《めおと》になるということだ」

めおと——。その、まさかのほうの意味だった。

「え、えええっ。ど、どうして？」

反射的に、押し倒されたままの上体をがばりと起こす。

「ほかに方法はないぞ。殺されるか、嫁になるのか、どちらか選べ」

私の問いに、伊吹さんは理由にならない答えを返す。

「祖父の店を取り戻したいんだろう？　今死んでいいのか？」

その言葉で思い出した。小倉さんに突きつけられた現実、胸がきしむような悔しい思いを。

そうだ。私は今死ぬわけにはいかないんだ。このままだと、天国でおじいちゃんに会っても申し訳なくて顔を見せられない。

「よ、嫁に、なります……」

喉の奥から絞り出すように声を出す。

結婚なんて考えられないと言った一週間後に、自分がこんなセリフを吐くとは思わなかった。

「よし。ならば一緒に祖父の店を取り戻そう。ふたりで、小倉を超える和菓子を作るんだ」

そう告げてくれたことはとてもうれしかった。だけど、こんなに大事なことをあっさり承諾してよかったのだろうか。

「で、でも、私が嫁になっても伊吹さんにはなんの得もないんじゃないですか？」

私は命が助かり、和菓子くりはらの奪還に協力してもらえるというメリットはあるけれど、伊吹さんにはない。昨日出会ったばかりの好きでもない私と夫婦になることは、嫌ではないのだろうか。

「そんなことはない。お前は特別な人間だからな」

特別。甘いセリフに思いがけず胸がドキッとした。

「では、結婚の誓いが必要だな」

伊吹さんは私の肩をつかむと、顔を近づけて——。

キスされる。そう気づいたとき、私は無意識に手のひらを振り上げていた。

「だ、ダメッ！」

ぱちーんといういい音が鳴って、伊吹さんの頬に赤い手形がついた。

「あ、あ、す、すみませ……」

「鬼に平手打ちとは、いい度胸だ」

ぺろりと舌なめずりする伊吹さん。

私は「ひっ」と叫んで一目散に二階へ逃げ込んだ。

扉の鍵を閉めて、あまりのことにその場にぺたりと座り込む。ぶるぶると身体が震えるので、自分の腕を抱きしめるようにして背中を丸めた。

なんで、どうして、こんなことになったのだろう。

祖父の初七日が終わって、小倉さんに店と家を奪われて、新しい和菓子店に誘われて。そこまではまだわかる。ひどい目にはあったけれど、まだ現実だと信じられるレベルだったから。

その上、和菓子店の店主が鬼神で、しかも正体がバレたせいで無理やり嫁にさせられるなんて、まだ夢を見ているみたいだ。いや、夢だったらどんなにいいか。

しかし、すっかり夜が明けて輝き出した空の色と、じんじんと痛む右手のひらが、まぎれもない現実だと告げていた。

俺様で、優しいのか怖いのかわからない。たぶん甘党で、きっと手が早い。

どうやら私は、そんな鬼神様の嫁になってしまったみたいです――。

第二話　京の鬼神の甘い御利益

あのあと、私は布団にもぐり込んで、起きる時間ギリギリまで丸くなっていた。しばらく震えがおさまらなかったし、頭の中を整理する時間が欲しかったから。

伊吹さんは自分を神様で、いい鬼だと言っていた。だったら嫁にひどいことをするわけないよね、とか、神様の結婚は人間の結婚とは違うかもしれない、とか、なんとか安心材料を一つひとつ集めていった。

祖父の遺書を小倉さんが私に突きつけたとき、どんな条件を出そうとしたのかわからない。でも、それよりは鬼神様の嫁になることのほうがマシなはず。さすがに神様なのだから、私の嫌がるようなことはしてこないだろう。……たぶん。

ただ、会ったばかりの好きでもない人と結婚してしまったという事実が私の胸を重くする。

おじいちゃんに知られたら叱られそう。でも……もう私はひとりぼっちでも天涯孤独でもないんだ。伊吹さんという夫――家族がいるのだから。

そう思うと、胸がほんのり温かくなる気がする。そして、そんな気持ちがわいてくる自分にも戸惑う。

鬼でも神様でも、私は窮地から救って家族になってくれた伊吹さんに情を感じ始めているみたいだ。

簡単に朝食をとって、一階に下りる。服装は、ちょっと迷ったけれど昨日と同じトレーナーとジーンズにした。制服は和菓子くりはらで使っていたものしかないし、掃除をするなら動きやすい格好のほうがいいだろう。

身構えながら厨房に顔を出すと、伊吹さんはすでに仕込みを始めていた。

和菓子店を作りたいという気持ちは本物みたい。どうして鬼神様が和菓子店を開きたいのか理由はわからないけれど。

伊吹さんは、怖いところもあるが悪い人ではない。昨日は特別だと言われてドキッとしてしまったけれど、きっと私が和菓子作りの役に立つからだ。それ以外に私と結婚する理由なんて思いつかない。

だったら私がやるべきなのは、まずはこの店を軌道にのせることだ。そうすれば、もしかして結婚を解消してくれる日も来るかもしれない。

なかなか顔を合わせる気にならなくて、しばらくのぞき見していたら、伊吹さんがこちらに気づいた。痛々しい傷跡があった首には、昨日と同じ毛皮が巻いてある。

「起きたか、俺の嫁」

「なっ……」

あんなことがあって、どんな顔で会ったらいいのか悩んでいたのに、伊吹さんはさらっと笑顔で私を『嫁』と呼んだ。

これは、私も合わせなければいけない感じなのだろうか。一応、結婚初日なのだし。

世間の夫婦がどんなふうにお互いを呼び合っているのか知らないけれど。

「おはようございます、だ、旦那様……」

真っ赤になりながらそう返したら、伊吹さんは顔をそむけてくっくっと笑いをこらえていた。

「無理をするな、茜。伊吹でいい」

「か、からかったんですか⁉」

「お前がうぶなのが悪い」

「し、仕方ないじゃないですか、まだ十九歳になったばかりなんですから。結婚している同級生なんてほとんどいませんし」

言い訳すると、伊吹さんは首をかしげた。

「昔は十五で成人だったし、十九といったら嫁にいって子どもも産んでいる年齢だったぞ。今は違うのか？」

「昔の人と比べられても困ります……」

十五歳で元服だったのって、なに時代の話だっけ。祖父と祖母は二十歳で結婚したけれど、それすら昔話だと感じていたのに。

しかし、そんな時代のことを常識のように話すなんて、伊吹さんはいったい何歳なのだろう。神様に年齢の概念があるのかわからないけれど、少なくともかなり昔から生きていることは間違いない。

「それより伊吹さん。体調は大丈夫ですか？」

　元気そうなのは見た通りわかっていたが、話を変えたくてたずねた。

「ああ、問題ない。昨日は世話をかけたな」

「いえ……。あの、よくあるんですか？　ああいうこと……」

「大丈夫だ。月の満ち欠けの影響であああなるが、放っておいてくれていい。一応神だから命の危険はないし、和菓子さえ食べればじきにおさまる」

　伊吹さんはごく普通のトーンで話しているけれど、あの苦しみ方は尋常ではなかった。毎月あんな発作を起こすなんて、本当はつらいはずなんじゃ。死ぬことはないといっても、人間でも神様でも苦しいのは一緒だ。

「今度から、具合が悪くなりそうなときは事前に教えてくれませんか。そうしたら前もって布団や和菓子を用意しておいたりできるので」

　伊吹さんは一瞬だけ目を見開いたあと、ぶっきらぼうな口調で「忘れていなかったらな」とつぶやいた。

　和菓子がお薬代わりになる理由も、和菓子店を開きたい理由とつながっているのだろうか。まだ、そこまで踏み込んで聞く勇気はない。

　店での服装をどうしたらいいかたずねると、伊吹さんは店舗スペースのほうに私を連れていった。カウンターの上に、昨日はなかった大きな包み紙が置いてある。

「制服を用意したから、開店したら店ではこれを着ろ」

包みの中身は、明るい黄色と深い赤色がグラデーションになった着物だった。柄が紅葉なのは、今の季節に合わせたのだろうか。それと、着物用の白くてフリフリのエプロン。

「わ、かわいい」

うちの店で使っていた、上下が分かれている簡易着物ではなく、しっかりと仕立てた着物だった。着付けはできるから着るのに支障はないが、慣れるまでは動きづらそうだ。和菓子を作るときは作務衣などを着て、売り子をするときだけ着物にするのがいいかもしれない。

それにしても、生地も上質で見るからに高級そう。

「茜色、だそうだ。お前の名前の色なのだろう?」

「えっ。それでわざわざこの色を選んでくれたんですか?」

目を見開いて、伊吹さんを見つめる。

しかも、私が名前を教えたのは昨日だ。ひと晩でこれを用意してくれたというのか。

「ああ」

伊吹さんは照れたようにそっぽを向いた。

「あ、ありがとうございます……」

きちんと大事にされている。祖父以外にこんなふうに甘やかされたことはなかったから、なんだか胸がぎゅっとつかまれたみたいに苦しくなってうつむいた。

「冬になったら、また新しいものを仕立てさせる」

「えっ。そんな、いいですよ。高価なものですし。制服なのだから一枚で着回します」

「なにを言っている。お前はもう俺の嫁なのだから遠慮はするな。というか、嫁らしく着飾れ。その格好では眺めて愛でようとしても色気もなにもないじゃないか」

「い、色気……!?」

それは、結婚したら色気が必要になるときが来るということだろうか。びくびくしながら伊吹さんの顔色をうかがうと、意地悪な笑みを浮かべていた。

「着物、二階に置いてきます！」

からかわれていることにカッとなって、返事が返ってくる前に伊吹さんに背を向ける。着物の包みを持って階段を上りながら、こういう駆け引きではどうやってもかなわないだろうな、と伊吹さんにイニシアチブを取られ続ける未来が見えた。

その後、数日かけて店内も外装も念入りに掃除をした。手や服を埃と煤《すす》で汚しながらお店をピカピカにするのは、大変だったけどやりがいがあった。

伊吹さんも熱心にやってくれたのが意外だった。店舗を汚れたままにしておいたのはどうでもいいからではなくて、掃除をするという発想がなかっただけだったのだと気づく。

そして、夫婦らしいことはまだなにも求められていなかった。夫婦だからという理由で伊吹さんも二階で寝泊まりすることになったのだが、すぐに個室に引っ込んでしまって出てこない。

恋愛経験のない私を気遣ってくれているのか、ほかの理由があるのかはわからないけれど、ホッとしたのはたしかだ。

隣の部屋から感じる伊吹さんの気配、動いたときの衣擦れの音。姿は見えないけれど、だれかが同じ空間にいるというだけで安心して、ぐっすり眠れた。

そしていよいよ掃除も終え、ふたりで和菓子作りを始める日が来た。手持ちにあった小豆色の作務衣を着て、気合いを入れる。祖父が自分の私服と色違いで買ってくれたものだったが、もったいなくてほとんど着ていなかった。

これを身につけると、なんだか祖父に見守られている気がする。

「では、今日から和菓子作りを始めます」

厨房に集まり神妙に告げると、伊吹さんも真面目な顔になって姿勢を正した。

「よろしく頼む」

「まず、伊吹さん。和菓子を作る上でいちばん大切なものはなんだと思いますか？」

私の質問に、伊吹さんは「ふむ」とつぶやくと自信ありげに答えた。

「見た目のかわいさか？」

「それも大切だけど、違います。もっと基本的なことです」

「では、和菓子を愛する心か？」

「うーん。それも違います。たしかに大事なことですけどね」

伊吹さんは、ほかに答えを思いつかなかったのか眉間にシワを寄せてうなっている。

さっきの答えは職人としては満点をあげたいところだけど仕方ない。

「時間切れです。正解は、豆です！　和菓子の味を最も左右するのは小豆なんです。とりあえず、今までどんな豆を使っていたのか見せていただけますか？」

厨房に置いてあった小豆を見せてもらう。布袋に入っていて産地やブランドはわからないが、どこのものだろう。

「その小豆は問題ないはずだ。いいものをくれと頼んだからな」

小豆袋の中を探っている私を、伊吹さんは腰に手を当てて見下ろす。

「はい、品質はなかなかです」

たしかに、つやも粒のそろい方も申し分ない。味は炊いてみないとわからないけれど見た目は合格だ。

「伊吹さん、この小豆はどこで買ったんですか？」

「買ったのではない、もらったのだ」

たずねると、意外な言葉が返ってきたのでびっくりする。

「え、だれにですか？」

「小豆のスペシャリストにだ」

「スペシャリスト……？」

首をひねっていると、伊吹さんは「見せたほうが早いな」と私の手を取った。

「近くにいるからお前にも紹介しよう。ついてこい」

「えっ……。えっ？」

伊吹さんは私を引っ張りながら、お店の扉を開けて外に出た。

作務衣にクロックスという作業着のまま、大股で歩く伊吹さんのあとをついていく。足の長さが違うものだから早足で合わせていると、息があがってきた。

「あの……。手、離してください」

そもそも、どうして伊吹さんは毎回、私と手をつなぐのだろう。

「なぜだ。夫婦なのだからいいじゃないか」

伊吹さんは、つないだ手にますます力を入れる。

そわそわした気持ちになってしまうのは、伊吹さんが美形だからなのだろうか。それとも、周りの目が気になってしまうから？

「じゃあせめて、もう少しゆっくり歩いてもらってもいいですか」

「そうか。わかった」

伊吹さんはあっさりうなずいて、私の歩調に合わせてくれた。

「女子《おなご》は歩くのが遅いものだったな。忘れていた」

ひんやりとした伊吹さんの手が私の体温で温まったころ、私たちは鴨川のほとりについた。休日となればカップルが等間隔で並ぶことで有名なデートスポットも、今はちらほらと観光客が歩いているだけだ。

「ああ、いるな。あそこだ」

「えっ。どこですか？」

「おーい、小豆洗い！」

伊吹さんが声をかけたのは、川の水でザルに入った小豆を洗っている、ふわふわした動物。たぬき……いや、アライグマだろうか。それが二本足で立って、小さな手で一生懸命ザルを傾けているのだ。

伊吹さんの呼びかけに気づいたアライグマは、しょきしょきと音をたてて小豆を洗う手を止め、くりくりした目でこちらを見た。

「……かわいい」

たぬきだったら、茨城にいたころ野生のものを見たことがあったけれど、アライグマは初めてだ。どこかで飼っているペットなのだろうか。

「こいつがかわいいのか？　変なやつだな」

伊吹さんは、珍しいものを見るような目を私に向けた。

「えっ、アライグマはかわいいですよ！」

「アライグマではない。小豆洗いだ」

「でも小豆洗いって、妖怪ですよね？」

昔アニメで見た覚えがある。こんなかわいい動物じゃなくて、もっと怖い感じだった気がするけど。

「あやかしだぞ、こいつは」

「えっ、でも――」

「イブキ、なんのようだ？」

アライグマは、私の言葉をさえぎって口を開いた。

「しゃ、しゃべった！」

幼いイントネーションの、男の子のような声。だけどザルを川べりに置いて腰をとんとん叩いているしぐさは、やけにおじさんっぽい。

「えっ……。ほんとに、あやかし……？」

でも、どうしてだろう。私は霊感がまったくなくて、今まであやかしはおろか幽霊だって見たことがないのに。

あわあわと焦っていると、伊吹さんが私の疑問に答えてくれた。

「お前は、俺と結婚したことで半分神の世界に足を突っ込んでいるような状態になったんだ。だから今は、神やあやかし……人外《じんがい》のものが見えるようになっている」

「ええっ」

人外、と聞いて背筋が冷える。

「で、でも、伊吹さんも神様なのに、結婚する前から見えていますよね？　小倉さんにも見えていたみたいですし」

「和菓子店をやるために、わざわざ自ら姿を現しているんだ。あのときはお前を助け出す目的もあったしな」

「そうだったんですか」

神様は、姿を消すのも現すのも自分の意思でできるということなのか。

「じゃあ、これからは怖いものも見えてしまうんですか？」

実はホラー映画やお化け屋敷は苦手なのだ。こんなかわいいあやかしだったら大歓迎だけど、もし見た目がおどろおどろしいあやかしだと腰を抜かしてしまうかもしれない。

伊吹さんは片方の眉を上げて不満そうに息を吐いた。

「なんのための夫婦だ？　怖いものが見えても俺が守るから問題ない」

「……っ」

口の端を持ち上げて吐かれたセリフに頬が熱くなる。

「イブキ、のろけるためにきたのか？」

「いや、違う。小豆の入手先を聞かれたから、お前を紹介しようと思ってな」

「オイラ？」

「そっか。小豆のスペシャリストって、この子だったんですね」

聞けば、小豆洗いは小豆を洗うときの音でいい小豆がわかるそうだ。生まれてから今まで、ありとあらゆる小豆を洗ってきた、とも。

気がつけば小豆洗いの小豆愛に共感し、かわいいカタコトで紡がれる話に聞き入っていた。

「なんだか気が合いそう。伊吹さん、この子には名前はないんですか？」

「小豆洗いだ」

「それは種族名じゃないですか」

そんなの、私のことを『人間』と呼ぶようなものだ。

「呼び名があったほうが便利だし、あだ名をつけてもいいですか？」

「勝手にしろ」

小豆洗いも嫌がっている様子ではなかったので、いくつか候補を出す。

「うーん。小豆が好きだから、あんこっぽい名前がいいかな。もなか、だいふく、おはぎ、つぶあん——」

あんこから連想される名前を次々にあげている途中で、小豆洗いがぴくりと動いた。

「それがいい」

「えっ、つぶあん？」

ちんまりした耳を揺らして、こくりとうなずく。

「じゃあ、あだ名は〝つぶあん〟で決まりね」

ふんふんと鼻を鳴らしてひげを動かすつぶあん。どうやら気に入ってくれたみたいだ。

「それで伊吹さん、小豆のことなんですが」

「ああ」

「たしかにつぶあんが選んでくれた小豆なら味に間違いないとは思うんですが、大量に仕入れることができないので業者に頼みませんか？　いい小豆だけもらっちゃうのも、この子に悪いですし」

それに、あやかしにもらった小豆を使ったら、霊感のある人はピンとくるかもしれない。それなら鬼神様が作る和菓子はどうなんだ、という話だが。

「言われてみれば、そうだな。だったら、仕入れ先は任せる」

「はい。じゃあ、戻ったらすぐに注文しないと……」

ふたりで業者の相談をしていると、つぶあんが私の作務衣の裾を引っ張った。

「オマエ、ナマエなんだ？」

「あっ……」

そういえばあまりにも驚いたせいで、名乗るのを忘れていた。

「栗原、茜です」

膝を曲げて目線を合わせたあと、丁寧にお辞儀をする。相手がかわいいあやかしでも、今私は神様の嫁なのだから、ちゃんと挨拶しなければいけなかった。反省しないと。

妻の評価が夫の評価にも関わることを、客商売をしていれば嫌でも学ぶ。

「それより、〝くりまんじゅう〟がいい」

「栗まんじゅう？　えっ、私のこと？」

瞬きしながら自分を指さすと、つぶあんはうなずき、伊吹さんは「ほう、なるほど」と感心した声を出した。

「たしかに似ているな。特に頭の辺りが」

思わず頭に手をやる。

栗色のボブヘアーのフォルムは、栗っぽいと言えなくもないけれど……。自分の頭が栗まんじゅうになったところを想像すると、なんだか微妙な気分だ。

しかし、自分は相手につぶあんというあだ名をつけておいて嫌がるわけにはいかない。

「う……うん、好きに呼んでいいよ」

「よかったじゃないか、いいあだ名ができて。栗まんじゅう」

にやっと笑って、伊吹さんは私の頭にぽんと手を置いた。

「い、伊吹さんは呼ばないでください！」

「どうしてだ？」

「どうしても、です！」

その手から逃れるように、後ずさる。

動揺しているのを悟られてはいないだろうか。伊吹さんは本当にいろいろと……心臓に毒だ。

「今日はちゃんと鍵をかけてきたし、お前はどこか行きたいところはないのか？　夫婦とは、このように手をつないで散歩するものなのだろう？」

つぶあんと別れ、鴨川沿いの帰り道を歩いていると、伊吹さんがそんなことを漏らす。

手をつながれる行為には、もう抵抗するのをやめた。伊吹さんが美形すぎるせいか、すれ違った人がびっくりしたようにこちらを凝視してくるけれど、平凡な私はきっと目にも入っていないだろうから逆に恥ずかしくない。

「どうなんでしょう。夫婦がみんなそうするわけではないと思いますけど」

「でも、あそこの夫婦を見てみろ。仲睦まじく歩いているではないか」

伊吹さんが顎で示すのは、道の少し先にいる老夫婦。腕を組み、寄り添いながらゆっくり歩いている。

おじいさんもおばあさんもオシャレをしているから、観光客なのかもしれない。たまに顔を見合わせて微笑み合う姿が本当に幸せそうで、こちらの心もほっこりしてくるようだ。

「たしかに、あんなふうになれたら素敵ですよね」

ふわふわした気持ちのままそうこぼすと、伊吹さんは合点した顔で腕を絡ませ、身体を近づけてきた。

「ふむ、茜はあのような夫婦に憧れているのだな」

そうか。仲睦まじい年老いた夫婦に私と伊吹さんを当てはめていなかったけれど、結婚している今だと『伊吹さんとこんなふうになりたい』と言っているように聞こえてしまうのか。

「あ、えっと、そういう意味じゃなくて。歳をとったときにあんなふうに幸せそうになれたらいいなって」

「なにも歳をとってからでなくとも、今からそうすればいいではないか」

「だから、そうじゃなくて……」

伊吹さんが不満そうな息を漏らして腕を外す。そして、私の腰に手を回してぐっと引き寄せた。

「もっと近くに寄れ。そんなに離れていては意味がないだろう」

「わわっ」

肩が、頭が、伊吹さんの胸板に触れる。私とも小柄だったおじいちゃんとも違う、骨っぽくてがっしりした身体。

「も、もう少し離れ……」

身をよじっても、伊吹さんに抱かれた腕はびくともしない。男の人の、力だった。

意識してしまうと、顔がぼっと熱くなる。

神様だから普通の男性とは違うと思っていたのに。心の奥底では伊吹さんを男性として意識している自分がいた。それを暴かれてしまったのが悔しくて恥ずかしくて、顔を上げられない。

「なんだ？」

「近すぎ、だから……」

語尾が小さくなって、続きの言葉は少し熱くなった吐息に溶けていった。

私は、老夫婦を見ても自分たちの未来図だとは思わなかった。それは、この結婚が伊吹さんの気まぐれで、いつか終わるだろうと考えていたから。長くは続いてほしくない、という自分の希望も含まれているかもしれない。

でも、伊吹さんはそうじゃないんだ。私たちの未来の先に、あの老夫婦の姿があると考えているんだ。和菓子のために結婚しただけなのに、どうしてそんなふうに思えるのだろう。

「茜。行きたいところがないなら、敵情視察でもするか？」

「えっ、敵情……？」

「そうだ。敵を倒すには相手を知らないとな」

至近距離で私を見下ろしている伊吹さんの唇がキレイに弧を描いた。

「お、押さないでください。あんまり近づいたらバレちゃう」

「遠いと中がわからないだろう」

今私たちは、和菓子くりはらの近くで物陰に身を隠しながらこそこそとお店の様子をうかがっている。目立ちすぎる伊吹さんは私の後ろでかがんでもらって、二人羽織のような体勢で通りの様子を眺めていた。

「大丈夫です。お客さんが入っていくところは見えます……から……」

一週間休んだあとの開店。祖父の他界は常連のお客様には伝わっているだろうが、客足は今までと変わらないように見えた。

「たくさん入っていますね、お客さん……」

「今は様子見で来ている客もいるのだろう。そこで味が落ちていればもう来なくなる。敵にとってもここ一週間が勝負だな」

意外にも伊吹さんが冷静に現状を分析しているので、私は驚いて彼を振り返る。

「お前の祖父の味ではないことに物足りなさを感じる客は必ずいる。だから、そんな顔をするな」

いつも威風堂々としている伊吹さんの表情が悲しそうにゆがんでいて、私は自分がいつの間にか泣きそうな顔をしていたことに気づいた。

「……あ。これはその、祖父を思い出しちゃっただけで。大丈夫——」

「お嬢さん？」

そのとき、後ろから懐かしい声がした。弾かれたように振り向くと、ぽっちゃりした大福のようなシルエットと、変わらないほんわかした笑顔の男性がいた。

「ああ。やっぱりお嬢さんや」

「安西さん……」

二番弟子だった安西さんは店の制服である紺色の作務衣を着て、風呂敷包みを手に持っていた。お届けものの途中なのだろうか。

癒やし系の彼はいつもみんなをなごませてくれた。接客も上手で、安西さんが店頭に立つとおまんじゅう系がよく売れる、と祖父がよく話していた。

信頼していた安西さんだけど、今は小倉さん側の陣営のはず。どうして私に声をかけてきたのだろう。

「心配してたんですよ。今はどこにいはるんですか？　そちらの人は……」

「えっと、その」

安西さんの視線は、当然ながら伊吹さんに向いている。どう説明したらいいのかわからずまごついていると、伊吹さんが私の手をぐいっと引いた。

「茜。行くぞ」

「あっ、伊吹さん」

いつもより強い力で引っ張られて、痛い。なかば走るようにしてついていく。

後ろを振り返ると、小さくなった安西さんが泣きそうな顔で私を見ていた。

安西さんと佐藤さんも小倉さんが店長になることを了承した、と聞いた。だからふたりも私を追い出して店を乗っ取る行為に納得しているのだと思っていた。

でも、さっきの安西さんは私を本気で心配しているように見えた。いったいどういうことなのだろう。

通りを曲がったところで伊吹さんが足を止める。私は背中を折るようにしてはぁはぁと息をついた。

「さっきのは小倉の店の従業員だろう」

伊吹さんは腕を組んで眉をひそめている。

「はい……。そのはず、なんですけど」

「お前が困っていると思ったから強引に遠ざけたのだが、これでよかったか？」

「は、はい。ありがとうございます」

ただもう少しゆっくり歩いてほしかった、という言葉は飲み込んだ。

「さっきのやつ、小倉の手下にしては態度がおかしかった」

「やっぱり伊吹さんもそう思いますか？」

困惑と希望の交じった気持ちで伊吹さんを見上げる。

伊吹さんは「ああ」とうなずいたあと、挑むようにつぶやいた。

「向こうも一枚岩ではないのかもしれないな。切り崩す糸口が、あるかもしれん」

「で、俺たちの店を向こうの店よりも流行《はや》らせるには、どうしたらいいと思う？」

店に戻るなり、伊吹さんは私をつかまえて真剣にたずねた。今の伊吹さんには、なみなみならぬやる気を感じる。小倉さんの店の様子を見て闘争心に火がついたのかもしれない。そしてそれは、私も同じだった。

「そうですね……。ひととおり基本的なお菓子は作れるようにして、あとは看板商品があるといいかもしれません」

看板商品。店のイチオシで、いちばん売れている商品。その名の通り、店の看板になる商品だ。そこには、作り手の思いやこだわりが詰まっていることが多い。

「祖父の場合は、練り切りでした。関西ではこなしのほうが主流なんですけど、観光に来る人は練り切りのほうがなじみ深いからって、京都の風景を模した練り切りを作っていたんです」

こなしも練り切りも、どちらも上生菓子の成形に使う色のついた白あんだが、こなしは粉類を加えて蒸し上げる。京都から伝わった製法で、関西の茶席に使われるのは大体こちらだ。関東の和菓子屋ではほとんど見かけない。

「鴨川に浮かぶ桜の花びらとか、伏見稲荷《ふしみいなり》の鳥居と紅葉とか。それを春夏秋冬の四つセットにして箱に詰めたものがお土産品としてよく買われていたんです」

「なるほど。京都ならではのものか……。しかしそれをそのまま流用するわけにもいかないからな」

「そうですね。まだ小倉さんのお店でも売られているかもしれませんし」

すごく複雑な気持ちだけど、今の私にはどうすることもできない。今できるのは、伊吹さんが作れそうなもので、うちの店らしさを出せる商品を考えるだけ。

そのとき、うちの店にしかない、いちばんのものを思い出した。

「あの。うちの店らしさを出すなら、鬼を模したお菓子はどうでしょう」

「鬼をか？」

伊吹さんは目を見開く。

「はい。伊吹さんが鬼神様ですし」

店主が鬼神だなんて、これこそうちの店にしかない特徴ではないか。おおっぴらにすることはできないが、このくらいのお茶目なアピールだったらかまわない気がする。

「しかし、鬼は縁起が悪いと避けられないか？」

「今は縁起がいいときにも使われるんですよ。〝鬼盛り〟とか、〝鬼うまい〟とか、食品のパッケージにもよく書いてありますし」

「……そうなのか」

意外そうな表情で、伊吹さんがまばたきをする。

「はい。かわいい感じにしたら子どもたちにもウケそうです。妖怪とか鬼とか、最近流行ってるみたいですし。しかも、作るのも鬼神様なんですから鬼の形にしたら御利益がありそう」

「そんなにほいほい授けられるものではないぞ、御利益は」

あきれた声を出す伊吹さん。

もしかして私、すごく失礼なことを提案してしまったのでは。

「あ、そうなんですか。すみません、神様の事情をよく知らなくて……」

「まあ、御利益に関しては、お前がそうしてくれというなら善処はするが」

反省して頭を下げたのだが、伊吹さんはそわそわした様子で首元の毛皮をさわっている。

「無理をしない範囲でがんばってもらえるとうれしいです。お菓子を鬼の形にすることはかまわないんですか？」

「まあ、ほかに案もないしな。やってみるしかないだろう」

伊吹さんがこんなふうに目を逸らしながらぶっきらぼうな口調になるときは、不機嫌になったわけではなくて照れているだけだ、というのはここ数日で理解できたことだった。

その後数日かけて、鬼のお菓子についての案を練りながら、基本の和菓子の作り方を教えていった。伊吹さんは手先が器用なだけでなく、覚えも早かった。ただ味の微妙な違いについてはわからないようで、そこは私が手助けすることになる。

伊吹さんは、「俺の味覚が乏しいのではなく、お前が特別なんだ」と反論していたけど。

ともかく、味の調整は私がして成形を伊吹さんにお願いする、という流れ作業が定着すると、伊吹さんはスポンジが水を吸い込むように次々といろんなお菓子をマスターしていった。私が驚くほどのスピードだ。

本人も、「十年間、職人の手元を見て学んだ成果が今出ているな」とうれしそうだ。

「あの……。それってやっぱり、お店の人に無断で見ていたんですよね？」

悪い予感がしてそうたずねてみると……。

「ああ、姿を消してたな。だから味は覚えられなかったんだ。供えられていないものを勝手に食べるわけにいかないからな」

まったく悪びれずに伊吹さんは言った。神様の常識は私たちのものとはちょっと違うみたいだ。

そして、十月中旬、いよいよ私たちの新店オープンの日がやってきた。

早朝から準備をして、和菓子たちをピカピカにしたショーケースに並べた。喫茶スペースのテーブルにもテーブルクロスをかけ、椅子にはクッションをセット。だけどひとつ、足りないものがある。

「やっぱり、暖簾がないと物足りないなあ……」

玄関先の掃き掃除をしながら、私は入口扉を見上げる。

本当だったらここに店名を入れた暖簾を掲げるはずなのだが、伊吹さんは『店名のことは俺に任せておけ』と私を関わらせなかった。

「もうすぐ開店なのに、本当に間に合うのかな？」

暖簾もなく店名もわからないまま開店になってしまうのではないかとヒヤヒヤしていると。

「茜！　届いたぞ、暖簾だ」

珍しくテンション高めの伊吹さんの声が響いた。

「み、見せてください」

興奮した様子で玄関先に飛び出してきた伊吹さんをつかまえて、紺色の暖簾を広げてもらう。そこには……。

「和菓子　朱音堂《あかねどう》……？」

「そうだ。いい名だろう？」

私の名前をもじった店名が書かれていた。

「ええっ。伊吹さんのお店なのに、私の名前が店名でいいんですか!?」

あわてる私と、妙に得意げな伊吹さん。店名をひとりで決めたのはそういうことだったのかと、してやられた気分だ。

「大丈夫だ。俺の名前も入っている」

伊吹さんはそう言うけれど、『朱音堂』と『伊吹』はどうやっても結びつかない。もしかして、神様によくあるように伊吹さんにもいくつか名前があったりするのだろうか。

「伊吹、以外に名前があるんですか？」

プライベートに踏み込まない、そう決めたことを忘れて私はたずねていた。ここのところずいぶん伊吹さんが気安くなったものだから、うっかりしていたのだ。

途端、伊吹さんの目が鋭く細められ、周囲がひんやりとした空気に覆われる。

「ごめんなさい。余計なことを聞いて」

「いや。掃除は終わったんだろ、今日は寒いから早く中に入れ。暖簾は俺がかけておく」

「わかりました、お願いします」

気遣ってもらったのに、胸に刺さった冷たいトゲが抜けない。

初めて会った日、どこに住んでいるかたずねたときも同じような反応だった。なのに今日のほうがずっと悲しい気持ちなのは、どうしてだろう。

落ち込んだ気分を変えたくて、できたてほやほやの名物商品を入れた見本箱を壁際の棚に置いていると伊吹さんが外から戻ってきた。

「お、土産用のセットか」

「はい。こうして鬼が二匹並んでいると、なんだかかわいいですね」

「お前がそう言うから作ったが、これは本当にかわいいのか？」

いまだ心配そうに伊吹さんが眺めているのは、『鬼おいしい　鬼まんじゅう』。

赤鬼と青鬼の二種類があって、赤鬼のほうにはまるごとの栗が、青鬼のほうにはあんずが入っている。皮の部分には焼き印を押して鬼の顔を描き、色をつけた。

節分の鬼のお面みたいなユーモラスさがあって、私はかわいいと思うのだが。

「大丈夫ですよ！　赤鬼はつり目、青鬼はタレ目にしたのも変化があっていいし、角もほら、二本と一本で違いますし」

棚に置こうとした鬼まんじゅうセットを手に持ち、伊吹さんの前に差し出す。

セットだと最初から専用の箱に入っているけれど、もちろん単品でも買える。中のあんも、栗とあんずに合うように甘さのバランスを考えた。味だって自信がある。

しかし、伊吹さんは「うーん」とうなりながら指を顎に添えた。

「小豆洗いのときから思っていたのだが、茜の言う『かわいい』は、ほかの人間とずれていないか？」

「えっ。そんなこと、ないと思いますけど……」

ごく一般的な若い女性の感覚だと思っていたけれど、もしかして祖父とふたり暮らしだったから好みが年寄りっぽいのだろうか。なんだか急に不安になってきた。

鬼まんじゅうセットを手に取って見つめていると、伊吹さんが私の頭にそっと手を置いた。

「お前がそこまで自信満々なのだから問題ないだろう。要望された通り、御利益もつけておいたしな」

「は……はい」

髪をなでる大きな手は、大切な宝物に触れるように動く。

冷たくしたり、甘い目で見つめたり。伊吹さんにとっては気まぐれなんだろうけど、心臓がざわざわするからやめてほしい。ずっとそっけないままだったら『優しくしてくれるかも』って期待を持たずにすむのに、伊吹さんはずるい。

どんな御利益をつけたのかも、伊吹さんははぐらかして教えてくれなかった。

不安な部分はあるけれど、お店はピカピカになったし商品数もそろえた。観光客が喫茶スペースでひと休みできるように、抹茶と甘味のセットも作った。

おしながきにあるのは、ぜんざいと栗蒸しようかん、みたらし団子だ。ぜんざいは喫茶限定メニューだし、抹茶はほうじ茶にも変更できる。これから寒くなってくる季節なので、温かい甘味はありがたいはずだ。

あとは季節のお菓子をその時々で出していけば、安定した客足を得られるはずなのだけど……。

「伊吹さんのお菓子をちゃんとオススメできるようがんばります」

新店なのだから、あとは接客や呼び込みにかかっている。伊吹さんは無愛想な上に口調が少しえらそうなので、接客は心配だ。ここは私が先導しないといけない。

まんじゅう売りの安西さんほどではないけれど、私も祖父に接客を褒められたことがある。落ち着いて、笑顔を忘れなければ大丈夫なはずだ。ここに並んだお菓子の味も情報も、みんな私の頭の中に入っている。

「伊吹さん。オープン初日、乗り切りましょう！」

「ああ」

開店前の静かな店内。ふたりだけで円陣を組んで、手を合わせる。

私は伊吹さんがくれた着物を初めておろし、伊吹さんの首には毛皮ではなく手ぬぐい素材の和柄マフラーを巻いてもらっている。

ぼろぼろだった建物を磨き上げ、並べる商品もいちから考え、もう〝祖父の店の代わり〟ではなく、愛着のある〝私たちの店〟になった朱音堂。その一歩が、今日から始まるんだ。

オープン初日は、土曜日ということもあって客入りは上々だった。

伊吹さんは接客には向いていないけれど、外に立たせておくだけで女性客が入ってきてくれることがわかった。鬼まんじゅうも外国のお客様を中心にウケていて、まとめ買いしてくれることも。

ただ、風向きが変わったのは平日になってからだ。もともと観光名所から外れているこの場所は人通りが多いわけでなく、ぽつぽつとお客様が来てくれるだけ。

「……月曜から人がずいぶん減ったな」

外で試食用のお菓子を持って呼び込みをしていた伊吹さんが、険しい顔をしながら戻ってくる。

「ほんとですね。土日にあれだけ人を呼び込めたのだから、平日も大丈夫だと思っていたんですけど……。甘かったです」

祖父の店が長年安定して営業できていたのは、地元のお得意様が多かったからだ。そのおかげで、観光のオフシーズンでも波が少なかった。でも、まだ常連客のいない新店舗ではそれは望めない。

私たちは、この京都で新しく店を出すことの厳しさを痛感していた。

「今日も、お客さんが来ませんでしたね。なにか地元の人に来てもらえる作戦を考えないと」

オープンから数日後の、閉店もさしせまった夕方。売れ残った和菓子たちを見て私はため息をついた。

作る量はだいぶ減らしたのだがショーケースをすかすかにするわけにはいかないので、ある程度の商品数はいる。ここのところ、夕飯は伊吹さんとふたりで売れ残りを処理する日々だ。

主食がお団子でおかずが上生菓子。汁物はぜんざい。胸やけがしそうなメニューだけど、伊吹さんは喜んでいた。

「もうそろそろ閉店準備しちゃいましょうか」

「待て。客が来そうだ」

棚の鬼まんじゅうセットを片づけ始めた私を、喫茶スペースの椅子に座って足を組んでいた伊吹さんが制した。

「伊吹さん？」

伊吹さんが立ち上がったのと同時に、店の扉が開く。

「い、いらっしゃいませ」

入ってきたのは、恰幅《かっぷく》のよいおばさんだ。たしか開店初日にも来てくれた地元の人だったと思う。なんだか急いでいる様子だ。

「ああよかった、まだ開いてたんやね。この間いただいた鬼まんじゅうはまだあるやろか。セットじゃなくてええんよ」

「あっはい。あちらに……」

ショーケースにご案内すると、おばさんは安心したように顔をほころばせた。

「残っててよかったわ。あるだけ包んでちょうだい、全部いただくから」

鬼まんじゅうを買うために急いでいたのだろうか。頼まれたものか、茶席でもあるのかな。

「贈答用ですか？　でしたら箱に入れることもできますが」

だが、おばさんはぶんぶんと手を横に振った。

「ああ、自宅用やしそのまま袋でええんよ」

「ご自宅用でこんなにたくさん買ってくださるんですか？　ありがとうございます」

「親戚とか近所にも配ろう思うてね」

「そうなんですか！　気に入ってくださってうれしいです」

包む手を止めて頭を下げると、おばさんは店内をきょろきょろと見回したあと、首を傾けながら私を見た。

「あなた、ここのお菓子を作っている人？」

「あ、はい。私と、こちらの伊吹が作っております」

いつの間にかカウンターの内側に来て隣に立っていた伊吹さんを示す。おばさんは、

「あら」と手を口に当てて目を見開いた。

「このイケメンさんも職人さんだったんやね。意外やわ〜」

「あの、商品になにかありましたか？」

どうして職人がだれか気になったのだろう。不安になってたずねると、おばさんは

「……実はね」と前置きしてから声のトーンを落とした。

おばさん曰《いわ》く、長年首を痛めていた旦那さんが鬼まんじゅうを食べてから劇的に快復したらしい。整形外科や整体に行ってもなかなか改善されず、『もう持病のようなものだから』と半ばあきらめていたらしいが……。

「朝起きたらすっきりした顔をしてるから、もうびっくりよ。なにがよかったのか原因を探してたんやけど、変わったことと言うたらここの鬼まんじゅうを食べたくらいやし。そやから、鬼が厄落としになったんやないかってね」

「厄落とし……」

私は伊吹さんをちらりと見る。伊吹さんは私と目を合わせず知らん顔をしていた。

厄落としというか、もしかしてそれって御利益なのでは？

おばさんは「また来るね」と言い残し、スキップするような足取りで帰っていった。

「……あの、伊吹さん。さっきの話って」

「俺はなにも知らんぞ。普通に菓子を作っただけだからな」

伊吹さんは腕を組み、威嚇するように私を見下ろした。

「だから食べた人間になにかあったとしても、俺のせいではない。わかったな？」

「は、はい」

それはもう、自分のせいだと言っているようなものなのでは？


そして、不思議な現象はそのあとも続いた。息子の偏頭痛がよくなった、耳鳴りが治ったなどと報告してくるお客様が相次いだのだ。そろってみんな、『鬼を食べたことで逆に厄落としになったのでは』と言っていた。

噂《うわさ》は広まり、次の週からは急にお客様が増えた。みんなどこかで口コミを聞いたらしい。最初に御利益の報告をしてくれたおばさんも、また来てくれた。

「あら、今日は人が多いねぇ」

やっとお会計の順番が回ってきたおばさんは、お財布を出しながら息をつく。平日なのにレジに列ができるなんて、先週からは考えられないことだ。

「おかげさまで、鬼まんじゅうが口コミで広まってくれたみたいで」

「いいことやね。よかったねぇ」

「ありがとうございます。でも……」

ひとつ不安なことはある。伊吹さんは最初、御利益について『そんなにほいほい授けられるものではない』と話していたのだ。もし御利益を期待して購入したお客様になにも起こらなかったら、がっかりしてしまうのではないだろうか。

「食べても、なにも起こらないこともあるかもしれません。そうなったときに申し訳ないなって気持ちがあって……」

それに、御利益に頼りきりになったら伊吹さんの負担になるのではという心配もある。

「あ、すみません。お客様にこんなこと」

笑顔で接客をしなくてはいけないのに不安を漏らしてしまった。あわてて謝罪したのだが、おばさんは首を横に振ってニッコリと微笑む。

「こういうんは、なにかいいことがあるかも、ってワクワクして買うし楽しいんよ。

結果がどっちでもかまへんし。お守りとか、ラッキーグッズとかもそやしねぇ」

小さな子どもに言い聞かせるような優しい声で、おばさんが語る。私はそれを、目からウロコが落ちた気分で聞いていた。

「それに、味がええから買いに来はるんよ。いくらええことがあったとしても、おいしうないお菓子やったら、最初からええことに結びつけへんと思うしね」

「あ……」

おばさんの言う通りだ。おいしいお菓子を食べた〝いいこと〟と、病気が治った〝いいこと〟。そのふたつの気持ちが同じものだったから、お客様は鬼まんじゅうに感謝してくれたんだ。

例えば、茶柱が立ったあとにいいことが起きたら茶柱のおかげだと思う。カラスに遭遇したとき、悪いことが起きたらカラスを見たせいだと感じてしまう。そういうことだったんだ。

私がいちばん伊吹さんのお菓子の腕を信じないといけないのに、ダメな考え方をしていた。

「あの、ありがとうございます。うちの店は、お客様のような常連様を持てて幸せです」

心の中でお礼するつもりが、全部口に出していた。おばさんは「あらそんな褒めすぎ、嫌やわ～」と恥ずかしそうに笑っている。

「そうそう。うちの孫もね、ものもらいが早く治ったってゆうてたわ」

「そうなんですか。よかっ――」

そこまで言って、私はふと気づく。

首。偏頭痛。耳鳴り。ものもらい……。ほかにもたくさん報告を聞いたけど、それが全部〝首から上の部分への御利益〟だということに。

「あら、どうしたん？」

ぴたりと動きを止めた私に、おばさんが心配そうなまなざしを向ける。

「い、いえ。なんでもないです」

私はあわてて笑顔を作って、鬼まんじゅうを詰めた紙袋を渡した。

ただの偶然……だよね？

そう思おうとしたけれど、伊吹さんの首にある痛々しい傷跡が頭によぎった。

もしかして、首から上の御利益に限られているのは伊吹さんとなにか関係があるの？　私はまだ、伊吹さんのことをなにも知らない。

厨房では、伊吹さんが抹茶を点てている。喫茶コーナーから注文が入ったのだろう。

手先が器用な彼は、お茶の点て方もすぐにマスターした。

私がのぞいていても気づかない、真剣な横顔。こうして改めて見ると、ただ美形すぎるだけで人間となにも変わらない。鬼神様だなんて信じられないくらいだ。

ダメだ、聞けない。また余計な質問をして、あの冷たい顔をされたくない。

妻なのに夫のことをなにも知らない。こんな夫婦、意味があるのかな。


私の心のモヤモヤとは裏腹に、朱音堂は鬼まんじゅうのおかげで安定した経営ができるようになった。そして季節は秋本番を迎える。

京都の町に吹く風も冷たくなり、伊吹さんが着物の上に羽織を着始めたころ。私はお店の閉店後、別の部屋に行こうとする伊吹さんを引きとめた。

「あの……伊吹さん」

「……なんだ？」

羽織の裾を引っ張る私を見て、伊吹さんはちょっと驚いた顔をした。

やっぱり、このままじゃいけない。伊吹さんの背中を眺めながら階段を上り、そう思った勢いで行動してしまったから、どうやって話を切り出すのかまで考えていなかった。

あの、その、と口ごもる私を、伊吹さんは怪訝《けげん》な表情で見ている。

「あの……。私、なにも妻らしいことをしていないんですけど、本当にこれでいいのでしょうか」

沈黙が流れ、なんだか変な空気になったあと、やっと口に出せたのはこんな遠回しな言葉だった。

最初ポカンとしていた伊吹さんは「ああ、そういうことか」とうなずき、蠱惑的《こわくてき》な笑みを浮かべた。

「なんだ。夫婦の営みをしてほしいのか？」

「え……っ!?」

ぺろりと自分の唇をなめる伊吹さん。その赤い舌先で狙われている気がして、背筋がぞくっとなった。

「それなら早く言え。お前がその気なら、俺もやぶさかではない」

伊吹さんが私の肩を引き寄せる。キレイな顔が近づけられ、耳に伊吹さんの吐息がかかった。

「ち、ち、違います！　そうじゃなくて、私、なにも妻として役に立っていない気がして……！」

両肩をつかまれたまま、顔をそむけながらひと息に叫ぶ。伊吹さんを直視できなくて目をつぶっていると、すっと伊吹さんが離れた気配がした。

「そんなことか」

肩に置かれた手を外され目を開ける。すると、伊吹さんは感情の読めない静かな瞳で私を見ていた。

「もう充分役に立っている。お前はそのままでいい」

そうささやくようにつぶやくと、伊吹さんは羽織をひるがえして個室に向かい、襖を閉めた。

私はまだ心臓のドキドキがおさまらないまま、ほてった頬に手を当て、今起きた出来事を反芻《はんすう》していた。

……もしかして、伊吹さんに自分から誘っていると思われた？『私がその気なら』というのは、今までなにもしてこなかったのは私を気遣っていてくれたから？

それも意外だったけれど、伊吹さんの最後の言葉が頭から離れない。

『もう充分役に立っている』『そのままでいい』。うれしいはずの言葉なのに、なぜだか寂しい。

やっぱり伊吹さんが私と結婚したのは和菓子のためで、私の知識と味覚が必要だったから。『もうお店は軌道にのったのだから、余計なことを考えるな』。そんなふうに牽制《けんせい》された気がした。

私は女性として伊吹さんに必要とされたわけではない。

わかっていたはずなのに鼓動がおさまった胸が今度はチクチク痛み出す。その理由を考え出す前に、今日は早く寝てしまおうと決めた。

第三話　契約夫婦の京町デート

暦は十一月を迎え、お店に出すお菓子もラインナップを少し変えた。栗モチーフの和菓子から、〝初霜《はつしも》〟という色づいた葉っぱに霜がかかった形のお菓子に。ショーケースの中はすっかり、冬を控えた晩秋の趣になった。

十一月下旬は京都の紅葉シーズンなので、そのころは紅葉のお菓子でお土産物用のセットを作ろうかなと考えている。

立体的な紅葉がころんとかわいい〝うすもみじ〟と、黄色や赤のそぼろをきんとんにした〝里《さと》の秋《あき》〟を並べたらかわいいかも。でも、ちっちゃい紅葉をちょこんとのせた〝蔦紅葉《つたもみじ》〟も捨てがたい。いっそ、みっつセットにするのはどうだろうとワクワクする。

そう、お菓子のことで頭をいっぱいにしておけば、伊吹さんに対するモヤモヤした気持ちのことも、意識せずにいられる。

普段あまり遠出をしない私だが、今日は珍しく市バスに揺られていた。幼なじみの千草《ちぐさ》に会うためだ。

バス停で降りると、千草が通う私立大学の広大なキャンパスは目の前だ。

もう何度も出入りしているのに、門を通るときにはちょっとドキドキする。学生じゃないのに、いかにも〝ここの学生です〟って顔で中に入ることに少しだけ罪悪感があるのだ。

悪さをしているわけじゃないし、とがめられることもないけれど、学校ってそれだけ厳しく神聖な場所だと思えるから。特に、今の私には。

待ち合わせ場所である敷地内のカフェテリアに向かうと、すでに場所とりをしておいてくれた千草が椅子から立ち上がって手を振っているのが見えた。

「茜～！　こっちこっち！」

遠くて声はよく聞こえないけれど、おそらくそんなことを叫んでいるのだと思う。

明るい茶髪を高い位置でお団子にまとめて、ゆるっとしたパーカーにぴったりしたパンツを合わせたファッションが、活発な彼女によく似合っている。

天井が吹き抜けになっている開放的なカフェテリアを、人をよけて進んでいく。お昼の時間帯だからランチをする学生で大賑《おおにぎ》わいだ。

「ふう。お待たせ、千草。席をとってくれてありがとう」

バッグを置きながら千草の向かいの席に腰かけると、顔の前でぶんぶんと手を振られた。

「なにゆうてんの。大学までわざわざ来てもらったのはこっちなんやし。気にせんでええんよ」

はんなりした京都弁で話す千草は、小・中・高と一緒だった親友だ。小学校の途中から転校してきた私の隣の席になったのが千草で、それからずっと付き合いが続いている。いつもニコニコ笑顔を欠かさない朗らかな彼女は、私の憧れでもある。

高校を卒業し、千草が大学生になってから、会えるタイミングが少なくなった。千草が暇な土日はお店のかきいれ時だし、平日の夜は千草のアルバイトがある。

なので、定休日のお昼に大学のカフェテリアで会うのが定番になった。和菓子屋で働いていると同年代の子たちに囲まれることはないから、新鮮でうれしい。

でも、この子たちと自分との間に壁を感じて切なくなるのもたしかだ。進学せずに和菓子職人の道を選んだことを後悔してはいないが、キラキラした青春を送る彼女たちを見ると引け目を感じてしまう。自分と他人を比べても仕方ないのに。

「今からお昼とってくるけど茜はどうする？」

「あ、私は家で食べちゃったから、紅茶とスイーツにしようかな。ここのプリン、固めでおいしいし」

小銭を渡すと、千草は私のぶんの注文もお盆にのせて持ってきてくれた。半熟卵のカルボナーラとプリン、紅茶とコーヒーがのっている。

本当は私もカフェテリアのランチが食べたかったのだけど、朱音堂を始めてからお金に余裕がない。ここのごはんは安くておいしいが、少しでも節約しようと思って家ですませてきた。

「茜、お店のほう、うまくいってんの……？」

カルボナーラをフォークに巻きつけて、遠慮がちに千草がたずねる。今までは一緒にランチを食べていたから、お金がないのがバレているのかも。

「うん、大丈夫だよ。最初は厳しかったけれど、常連さんも増えて安定してきた感じ」

笑顔を作って答えると、千草は「そっか」とホッとした顔になった。

「心配してたんよ。得体の知れへん人と新しくお店を始めるっていうから……」

千草には、祖父が亡くなったこと、お店を取られてしまったこと、新店をオープンしたことまで、メールで全部報告してある。

「例の店長さんは、ちゃんとした人やの？」

「う、うん」

さすがに、その店長さんが鬼神で、命を見逃す代わりに結婚させられたことは話していない。というか、話せない。信じてもらえないだろうし、へたをしたら、おじいちゃんが亡くなったショックであらぬ妄想をするようになったと誤解されかねない。

「ちょっと性格には問題があるけれど技術はたしかだし、苦手って言いながらも接客もがんばってくれてるし」

そこから、伊吹さんのことやお店のことをしばらく話した。

「それやったらええんやけど……。茜って、しっかりしているようでどっか抜けてるっていうか、ずれてるとこがあるやろ？　変な人にだまされてへんか心配してたんよ。今日、直接話聞けて安心したわ」

「ええ、私が？」

自分を特別しっかりしていると思ったこともないが、抜けていると感じたこともないので複雑な気分だ。

「そうやろ。その歳で家事は完璧にできるし、和菓子の腕だってすごうええのに、初恋もまだやなんて」

家事も和菓子もやっていくうちに覚えただけで、私がすごいわけではない。でもそれと恋愛経験のなさは関係ないのでは？

私が腑《ふ》に落ちない顔で「うーん」とうなっていると、千草が半熟卵をフォークでつぶしながらさらに追求してきた。

「まあ、恋愛は個人差があるから仕方ないとしても……。でもほら、あったやん、小学校のとき。先生に『茜ちゃんはちょっと変わってる』って言われたこと」

「……そんなことあったっけ？」

私は、紅茶のカップを持ったままポカンとしてしまった。

「あったやろ。覚えてへん？　節分の行事のときやし」

説明されて、ぼんやりと記憶をたどる。鬼のお面をつけた先生にみんなで豆を投げるイベントがあったかもしれない。たしか、学年ごとにやったんだっけ。

「あのとき、みんな鬼に豆をぶつけてたのに、茜だけ投げないでじっとしてたやろ。それで鬼役じゃなかった担任の先生に、どうして茜ちゃんは豆まきしないのって聞かれて……」

「あっ、思い出したかも」

そのとき私は、『泣いた赤鬼』の絵本を読んだばかりで、鬼は悪いものばかりじゃないと思っていた。それで先生にたずねたのだ。『この鬼は、どんな悪いことをしたんですか？』って。

「先生、『えっ』て固まってなにも答えられへんようになって、それで茜だけ最後まで豆まきしないでぼうっと立ったままやったんよね～」

「だって、なにも悪いことをしていないなら豆を投げるのはかわいそうだって、そのときは思ったんだもの……」

そして大人になった今も、鬼は悪いものばかりじゃないと知っている。

しかしこのタイミングで鬼の話をされるなんて。今の私は〝鬼イコール伊吹さん〟なので、鬼という単語が出てくるだけでドキッとしてしまう。

「そういうお人好しすぎたりちょっとずれてたりする部分があるし、悪い男にだまされへんように気をつけなあかんってこと。わかってくれた？」

「うん。……小倉さんのことも、私がちゃんとしてたら気づけたのかな」

つぶやくと、千草の顔が悲しげにゆがんだ。

「それは仕方ないよ。おじいさんが信頼してたお弟子さんやったし。茜の性格で同僚を疑うとかできへんと思うし、悪いのは一方的に向こうやから。茜にもおじいさんにも、なんの非もないよ」

「うん……。ありがとう」

こちらは被害者だとわかっていても、どこかで自分に負い目を感じている部分があった。祖父が生きていればこんな事態にはならなかった。小倉さんが私のことを御《ぎょ》しやすい、弱い女の子だと軽く見ているから目をつけられたんだって。

例えば私が成人した男性だったら、小倉さんは店を奪おうなんて考えなかったんじゃないかな。

まだ自分が未成年で、半人前なのはわかっている。だけど、どうしようもないことだからこそ悔しかった。

プリンをすくいながら千草に視線をやると、いつもよりも食が進んでいない。そりゃあ、こんな話をしていたら食欲もなくなるだろう。楽しい話題を出せないことが申し訳なくなる。

「そうだ。その、小倉さんのことなんやけど」

千草はフォークをお皿に置いてから、神妙な顔で話し始めた。

「どうなんやろうと疑問で叔父さんに聞いてみたの。ほら、司法書士をしている叔父さんがいるって話したことあったやろ？」

私はうなずく。たしか、市内に事務所を構えていると言っていた。

「そしたら、おじいさんの遺言書は正式なものじゃないから効力がないかもしれへんて。お店の土地とか建物の相続人も、茜のままになってるんやないかって」

周りに聞こえないよう、千草の声はトーンが下がっていた。

「……実は私も、そのことには気づいていたの」

出会った日に伊吹さんにも指摘されたことだ。

あれから、遺書について調べた。直筆の遺書は自筆証書遺言といって、書き方に決まりがある。あの遺書は、その決まりを満たしていなかった。

「だったら、こっちが弁護士を雇って、小倉さんたちを無理やり追い出してしまえばええんやない？」

千草が、興奮した様子でテーブルに身を乗り出す。それを見て、私は静かに首を横に振った。

「それじゃ、ダメなの。……おじいちゃんが小倉さんに店を譲るって決めていたなら、私にはそれをジャマできない」

一瞬「ええっ」とつぶやいた千草だったが、すぐに冷静さを取り戻し眉間にシワを寄せて「うーん……」とうなり始めた。

「正直、私はもっと強引な手段に出てもいいと思う。でも茜はおじいさんの気持ちを尊重したいから、おじいさんの本心を明らかにしてからじゃないと法に訴えることはできへんってことなんよね？　納得はできないけど、茜の気持ちはなんとなくわかるよ……」

そう言ってブラックコーヒーに口をつける千草。難しい顔になっているのは、コーヒーが苦いせいだけではないはず。

千草から見れば、はっきりした行動を起こさない私がもどかしく感じるだろう。私のわがままを理解してくれようとする親友に感謝した。

「うん。おじいちゃんもなにか事情があってあの遺言書を書いたんじゃないかとは思うんだけど……」

どういう会話があって、おじいちゃんはあの遺言書を小倉さんに渡したのか。おじいちゃんの気持ちは本当に小倉さんの語った通りなのか。

もしかしたら、小倉さんの言っていることがすべて正しいのかもしれない。知ったところで、どうにもできないかもしれない。でも、知りたい。大好きな祖父の、亡くなる直前の気持ちを。

「そやったら、なにかしらの証拠を押さえて小倉さんに事実を吐かせるしかないね。

もしくは、経営が傾いたら向こうが泣きついてくるかな。……そんな簡単にはいかへんやろうけど」

「どっちにしても、いつか小倉さんに事情は聞きたい。でも今のままじゃ話さえ聞いてもらえないから、まずは朱音堂を繁盛させることが大事かなって」

「そうやね。向こうが無視できないような存在になれば、なにか仕掛けてくるかもしれないし」

ふたりで結論を出したあとは千草も明るさを取り戻し、「小倉をぎゃふんと言わせたい」「指さして、ざまぁって笑ってやりたい」と激しく語っていた。

そしてカルボナーラも空になり、プリンと紅茶もなくなるころ、千草は「あっ！忘れてた〜」と宙をあおいで、おでこを叩いた。

「友達にもらったスイーツがあるんやった。一緒に食べようと思うてたのに。茜がプリン食べる前に気づけばよかった」

「大丈夫、甘いものだったらいくらでも入るから。洋菓子？」

千草は和菓子があまり得意ではないのだ。

『あんこの味しかしない』というのが持論らしいけど、和菓子はそのシンプルさがいいんだけどな。味は複雑じゃないほうがほっこりできるし、あんこが食べられれば、ほとんどの和菓子はおいしく感じられるってことだもの。

親友としては千草にも和菓子好きになってほしいけれど、いまだに成功はしていない。

「う～んとね、和菓子屋さんが出してる抹茶ティラミスって言うてたかな。今人気で、なかなか買えへんのやて」

「へぇ……」

和菓子屋さんや甘味処が和洋折衷のスイーツを出すのは京都ではよくあることで、ブームになってからはいろんな場所で見るようになった。抹茶パフェとか、ほうじ茶ソフトとか。お土産物でも、若い人には八つ橋より和スイーツが人気らしい。

うちは祖父がそういったものに興味がなかったからスルーしていたけれど、私個人は和スイーツにも興味はある。和菓子が特に大好きなだけで、甘いもの全般が好物なのだ。

千草がケーキ箱を開けるのをワクワクしながら眺めていると、プラスチックのカップに入った抹茶ティラミスが顔を出した。

「わあ……、かわいい」

ふたりで、ほうっと息を吐く。ココアパウダーの代わりに抹茶がまぶされた表面は、市松模様になっておりミニチュアの和傘が飾ってあった。断面も、マスカルポーネクリームの白と抹茶スポンジの緑が層になっていて、どこから見ても華やかだ。

「さっそく食べようか」

「あ、私、無料の緑茶いれてくるよ」

普段はコーヒー派の千草も、和スイーツのときには緑茶が飲みたくなるらしい。

かわいいスイーツを食べるときって、飲み物や食器の雰囲気を合わせたり、形から入りたくなるのはなぜだろう。女子ならではの性質なのかな。甘いものに敬意をはらいたくなる感じ。

「お待たせ～っ」

緑茶を紙コップからこぼさないギリギリの早さで、千草が戻ってくる。

そうして、ふたり同時に抹茶ティラミスを口に運んだ。すぐに、抹茶のほろ苦さとクリームのまろやかさが口の中に広がる。スプーンをカップの底まで進めると、より風味の濃い抹茶スポンジが出てきて、ちょうどいいバランス。

「わ、甘いかと思うたけど、スポンジもクリームも甘さ控えめで食べやすい」

千草はそこまで抹茶好きではないけれど、顔がほころんでいる。

「ほんとだね。そのぶんスポンジは濃厚だけど大丈夫？」

「うん。私、これなら抹茶の味が濃くても食べられる」

クリームが抹茶の風味をまろやかにし、抹茶の苦みが甘さを中和する。これなら、甘いものや抹茶が苦手でも食べやすいだろう。口の中が甘ったるくなってきたら、緑茶でリセット。

「緑茶も合うけど、これだったらコーヒーでも合うかもね」

千草が言い、私もうなずく。和の要素があってもコーヒーって合うんだなと、ひとつ勉強になった。

すっかり抹茶ティラミスを堪能しつくしたあと、ふとたずねる。

「そういえば、このティラミスの和菓子屋さんって、なんていうところ？」

「あ、店名までは聞いてへんかった。えーっとね……」

ケーキ箱のシールを確認していた千草の顔が驚きに変わった。

「千草？　どうしたの？」

声をかけると、千草は私をちらりと見て、また顔を伏せた。

「和菓子くりはら、って書いてある……」

そう答えた千草の声は小さく震えている。

「え……」

びっくりして、二の句が継げなかった。

私がいたころには、こんな商品なかった。ということは、小倉さんオリジナル……？　箱にかける包装紙が変わっていたから気づかなかった。

千草が涙目になって勢いよく頭を下げる。

「ごめん、茜！　知らへんかったとはいえこんなこと……。しかも私おいしいって言うてしもたし。敵が作ったもんやのに……」

「しょうがないよ。私もおいしいって思っちゃったもん」

首を横に振って千草の手を取る。

それに、小倉さんも一筋縄ではいかない相手だって知れてよかった。

今まで甘く考えていたかもしれない。祖父がいないんだから経営がうまくいくはずないって、どこかで考えていた。でも小倉さんはちゃんと祖父の穴を埋めるような戦略を立てていたんだ。

「小倉さんって商才があったんだね。洋菓子が作れることも今まで知らなかったけど」

無理して笑顔を作ったけれど、あまり上手じゃなかったかもしれない。

「茜……」

千草の瞳に心配の色が浮かぶ。

「そんな顔しなくても大丈夫、うちの店もがんばらなきゃね」

「うん……。でも無理しないでね、茜。なにかあったらいつでも連絡して」

「ありがとう、千草」

久しぶりに会えたのに、結局微妙な雰囲気のまま千草と別れた。

校門まで歩きながら考える。さっきの抹茶ティラミスはたしかにおいしかったけれど、作り手の心が入っていないように感じた。ただ流行りにのっただけのような、ほかの店を模倣しただけのような。

私が小倉さんを恨んでいるからそう感じるだけなのかな。

でも、あのティラミスがなかなか買えないほど人気なんて、なんだか釈然としない。

モヤモヤしたまま、私は帰路についた。

店に帰ると、伊吹さんが厨房で和菓子作りの練習をしていた。定休日だというのに、伊吹さんの和菓子にかける情熱はすごい。

着物にたすきがけをした格好で〝包《ほう》あん〟をしていた伊吹さんが、私に気づいて顔を上げた。

「帰ってきたか、俺の嫁」

伊吹さんと結婚して、もうすぐ一ヵ月。口の端を持ち上げた笑みと一緒に吐き出される〝嫁〟という言葉にも動揺しなくなった。名前が何個もあると思えばいいのだ。

茜と嫁、それから栗まんじゅう。

「はい。ただいま戻りました」

大学にいたせいか、お店に伊吹さんがいるといういつもと変わらない光景にホッとする。

「息抜きはできたのか？　友人に会ったのだろう？」

「あ……はい。そうですね」

歯切れの悪い私の返事を聞いて、伊吹さんが眉を寄せた。

「なにかあったか？」

「えっと……」

もともと和スイーツの相談をしようと思っていたのだけど、それを話すには小倉さんのティラミスについても説明しなければいけない。

どこから話そうか迷っていると、伊吹さんは作っていたお菓子を茶巾しぼりにして仕上げた。

「今ちょうど休憩しようと思っていたところだ。二階で茶でもしながら話さないか」

「は、はい」

ごく普通の会話だけど、お茶に誘われたのは初めてだった。夕飯に和菓子を食べていたときは、一緒にちゃぶ台を挟んでいたけれど……。

「あの。伊吹さんって和菓子しか食べられないんですか？」

ふと疑問に思って、たすきを外している伊吹さんにたずねる。

「なんだ急に」

「そういえば、ほかのものを食べている姿を見たことがないなって思って」

急須に入れた緑茶を蒸らしながら返す。プライベートに関わる質問だから聞くのをためらったが、和菓子に関することなら怒られない気がした。

伊吹さんが抜き身の刀のような雰囲気になるのは、鬼神様としての彼を掘り下げる質問をしたときだけだ。

「和菓子しか食べられないわけではないが、俺は食事をとらなくても死ぬことはないからな。好物だけ嗜好品《しこうひん》として食べていたらこうなっていた」

「なるほど。食べ物は嗜好品扱いになるんですね」

「供え物はまた違うがな」

二階のちゃぶ台に、伊吹さんの作ったお菓子と湯飲みをふたつずつ並べる。まずは食べてから話そうと思って、お菓子に手を伸ばした。

「あっ、おいしい……。包あんが丁寧なせいか、前よりやわらかい味になった気がします」

「そうか。上達はしているのだな」

私がお菓子をひと口味わっている間に、伊吹さんはもう食べ終わっていた。

「はい。ぐんぐん腕をあげてますよ。伊吹さん、もうなんでもひとりで作れるんじゃないですか？」

「いや、あんこ炊きはお前でないとダメだ。あれは俺のような者が一朝一夕で身につけられるものではないだろう。繊細な味覚を持った者が何年もかけて完成させる……。俺はがさつだから、お前のようにはなれない」

「こんなに繊細なお菓子を作れる人が、がさつ……ですか？」

「性格の問題だ。手先の器用さは、長く生きていればどうにでもなる」

そう吐き捨てて、ごくごくと豪快に緑茶を飲む。

たしかに伊吹さん自身は、繊細というよりはワイルドだ。でも、心の中には繊細な部分があるんじゃないかな。そうでなきゃこんなお菓子は作れないと私は思うのだけど……。

「それより、お前の話だ。なにかあるのだろう？　話したいことが」

「はい、実は――」

私は今日の出来事を伊吹さんに詳しく話した。

「ティラミスというのは洋菓子だろう。抹茶と洋菓子を合わせたのか？」

「はい。最近、和洋折衷の甘味が流行っているんです。お土産でも抹茶バームクーヘンが人気ですし、抹茶パフェは京都の至るところにあるし……。逆にケーキ屋さんでも、抹茶タルトや和栗のモンブランといった和の要素のあるものを出しているんですよ」

「なるほど。昔と違って、甘味の境目がなくなっているのだな。甘味も進化していると言うべきか」

伊吹さんは顎に手をやり、感心したようにつぶやく。

「進化……。そうかもしれません」

タピオカ、パンケーキ、フルーツ飴《あめ》。最近は甘味の流行の勢いがすさまじくて、次の年にはまた別のものが流行っている。進化は喜ばしいことだし、和スイーツも日本ならではの進化と言えるのかもしれないけれど……。

「でも私は、その中でも変わらないものを見つけたいです」

そうだった。すぐに忘れ去られていく〝流行りのスイーツ〟を、私は寂しく思っていたんだ。何十年、何百年と親しまれている和菓子も、遠い未来にはなくなっているのかもって不安になったときもあった。

「あっ、今のは、えっと……」

今まで気づいていなかった自分の本音、思わず口に出してしまったその言葉に驚き、気恥ずかしさに顔が熱くなる。

なのに伊吹さんは、うれしそうな顔で私を見ていた。そして、あっさりした口調で告げる。

「だったら、俺たちも作ればいいじゃないか」

「え？　なにをですか？」

「その、和スイーツとやらをだ。茜は小倉のティラミスを食べて、作り手の思いを感じられなかったのだろう？　だったら俺たちが和スイーツに込めればいいじゃないか。進化する中でも変わらないとお前が感じているものをだ」

伊吹さんは不敵に微笑み、まっすぐに私を見つめる。

「ええっ。私、洋菓子は作ったことないですよ」

「同じ菓子だ。なんとかなるだろう」

「なんとかって……」

私は祖父の味をベースに和菓子を作っていたから、洋菓子をおいしく作れる自信がない。伊吹さんの手先の器用さも、洋菓子に生かせるのかどうか。

そんな足りない部分だらけの私たちでも作れるのだろうか。作り手の思いがこもった和スイーツを。

そして、今日はずっと気を遣わせてしまった千草の顔を思い出す。

彼女も、抹茶ティラミスを食べているときは笑顔だった。おいしい和スイーツを作れば、私も千草を笑顔にできるかもしれない。

「でも、なにを作ればいいでしょう」

「向こうがそうくるなら、こっちも同じもので迎え打ってやろう」

伊吹さんが座布団から勢いよく立ち上がる。

「同じもの、って」

私を見下ろして、伊吹さんは余裕しゃくしゃくの笑顔でこう言った。

「抹茶だ。俺たちで、抹茶を使った打倒小倉の和スイーツを作るんだ」

次の日。お店を早めに閉めて、私たちは京都市内に市場調査へ出ることにした。伊吹さんが和スイーツの実態をよくつかめないというので、実際に買って食べて覚えるためだ。

それ自体に問題はないのだが……。

「うーん」

「なんだ、難しい顔をして」

並んでバスに揺られている最中、乗客の視線を一身に集める伊吹さんを見て、私は眉間を指でもんだ。

伊吹さんは今日も黒系の着物の上に同色の羽織を着て、首に毛皮を巻いている。

「あの……、伊吹さん。街に出たらまず、お洋服を買いませんか？」

なかなかお目にかからないほどの美形で、しかも着物を着こなしているとなると注目されるのも仕方ない。だけど、今日一日この視線にさらされるなんて落ち着かないし、服装さえ変えれば街に溶け込めるのではないだろうか。

「別にこの衣で不自由はしていないが」

「うんと……。今日はたくさん歩くし、動きやすくてあったかい格好のほうがいいかなと思って」

伊吹さんが目立つから地味にしたい、なんて正直に話したら失礼かもと言葉をにごす。

「いつも着ている服装のほうが、慣れていて動きやすいと思うんだが」

そんな私の心中など察しないで、伊吹さんはあっさり否定する。

ごもっともすぎて、なにも反論できない。

「ええっと……。伊吹さんっていつも着物なので、たまには洋服姿も見てみたいっていうか……」

冷や汗をかきながらしぼり出した言い訳だが、実はちょっと本音も交じっている。こんなに見た目がよかったら、さぞかしオシャレが楽しいだろうなとうらやましく思っていたのだ。

私のような平凡な容姿だと派手な服には顔が負けてしまって似合わず、無難でシンプルな装いに落ち着いてしまう。

とがったファッションは、美形もしくはセンスがいい人の特権だ。まあ、私の場合はそもそも、安くて着回しのできるものしか買えないのだけど。

「そうなのか……？　まあそれなら、願いを聞いてやらないこともないが」

伊吹さんは、そわそわとあさっての方向に視線を向けながら答える。

「あ、ありがとうございます。それならまず、駅ビルに行きましょうか」

京都駅でバスを降りると、伊吹さんは驚くことを言い出した。

「バスというものには初めて乗ったが、なかなかおもしろかったな」

「えっ？　初めてだったんですか⁉」

「移動手段に不自由したことはないからな」

そうか。神様だから、空を飛んだり瞬間移動できたりするのか。

「今日は私に合わせてバスに乗ってくれたんですね。ありがとうございます」

「嫁なのだから俺が付き添うのは当たり前だろう。女子《おなご》ひとりで遠出は危ないからな」

現代では女性のひとり歩きは普通だし、遠出と呼ぶほどのお出かけでもない、という言葉は喉にひっかかって出てこなかった。

「あ、ありがとう、ございます……」

唐突に女性扱いされて、顔がかっかと熱くなる。その瞬間手を握られたので、ビクッとして振り払ってしまった。

「どうした。人が多いのだから、手をつないでおかないとはぐれるだろう」

伊吹さんは怪訝な顔をして、私の手を再びがっしりとつかむ。

「そ、そう、ですね……」

こういう行動は伊吹さんの女性に対するデフォルトで、私だけ特別扱いしているわけではない、と自分に言い聞かせているのだけど、なんにせよ免疫がないのでいちいち心臓が暴れてしまう。

寒くなってきたから、これ以上顔が熱くなったら湯気が出て伊吹さんにバレてしまうのではないか。そんな心配が頭の中をぐるぐるして、『嫁』と呼ばれるのには慣れても、触れられるのは慣れないな。慣れる日は来るのだろうか、と伊吹さんのひんやりした手のひらを感じながら思いを馳《は》せていた。

「お客様、めちゃくちゃお似合いです！」

「そうか？　こういった衣はよくわからないが……。似合っているのか？　茜」

「は、はい。すごく……」

京都駅ビルにある、メンズファッションのお店。リーズナブルなお店を選んで適当に入ってみたら、目を輝かせた男性店員さんにつかまった。

「いやあ、こんなコーディネートしがいがある人、なかなかいらっしゃいませんよ〜！」

私も男性の服はわからないのでおまかせで選んでもらったら、次から次へと全身コーディネートを提案された。

伊吹さんは文句も言わず試着してくれたのでよかったのだが、問題は全部似合ってしまっていることだ。

「茜。お前はどれがいいんだ」

「う……。そうですね……」

どれもかっこいいから決められない、なんて言ったら店員さんにのろけだと思われてしまう。ただでさえ普通のカップルと間違えられているのに。

今試着しているのは、オフホワイトのハイネックニットに黒ジャケット、黒のパンツに革靴といったかっちりしたコーディネートだ。店員さんは、アクセサリーとしてダテ眼鏡もプラスしてくれた。

色味がモノトーンなので普段の伊吹さんとそこまでイメージが離れてはいない。あとはなにより、マフラーを巻かなくても伊吹さんの首の傷跡が隠せる。

「今着ているものが、いちばん落ち着く感じがします」

色味のあるものや今風のファッションだと、横に並ぶ私が落ち着かなかった。でも、そんな理由で決めていいのだろうか。

「そうか。じゃあ、これにするか」

「でも、私の好みなので……。伊吹さんが気に入った服にするのがいいと思います」

「なにを言っているんだ。嫁が喜ぶものを着るのがいちばん大事だろう」

これを購入する、と伊吹さんが店員さんに声をかけたら、「ええっ。おふたり、結婚なさってるんですか！　お若いから、恋人同士だと思っていました！」と目を丸くされた。

朱音堂に来るお客様には夫婦だと思われていないから、こういった反応は初めてで身の置き場がない。

「そうだ。まだ一ヵ月くらいだがな」

「うわあ、新婚さんじゃないですか～！　いいですね、いちばん楽しい時期ですね！」

選んだ服はそのまま着ていって、今まで着ていた着物を包んでもらうことにした。

代金は私が出します、と申し出たのだが伊吹さんに断られた。

「そうだ。せっかくだから、お前にもなにか買ってやろう」

「えっ、いいですよ、自分のために使ってください。それに、高そうな着物だって作ってもらったし……」

「遠慮するな。これなんてどうだ？」

通りがかった雑貨屋さんで、伊吹さんが商品を手に取る。

つまみ細工で作った赤いちりめんのお花がついた、ふたつセットのヘアピンだ。

「似合っているではないか。お前は飾り気がなさすぎるが、このくらい愛らしいものを身につけたほうがいい」

台紙についたままのヘアピンを私の髪に合わせた伊吹さんが満足そうに微笑む。

いつもの着物と印象はそれほど違わないと思っていたのに、洋服ってすごい。伊吹さんが鬼神様じゃなくて、普通の人に見える。

眼鏡とジャケットのせいか、知的でオシャレな大学院生という感じだ。ということはやっぱり今私たちは普通のカップルに見えているのか。『新婚さん』と言われたことを思い出して、今さらながらそわそわしてくる。

「今ある着物にも合いそうだな。買ってくる」

結局断れず、伊吹さんに勧められるがまま購入したヘアピンを髪につけた。普段はシンプルなピンで髪を留めていたので、なんだかくすぐったい。

「ど、どうですか……？」

落ち着かなくて、雑貨屋さんの店頭にある鏡を何度ものぞき込む。ベージュのニットに茶色のスカートという今の服装に合っているかどうかもわからない。

すると、私の横顔をぼうっと見つめていた伊吹さんの口が鏡越しにわずかに開いた。

「……かわいいな」

「えっ？　今なにか言いました？」

よく聞こえなくて聞き返すと、伊吹さんはハッとしたように口元を押さえた。

「い、いや、なんでもない」

伊吹さんは目を逸らして私の手を引く。いつもひんやりしている伊吹さんの手のひらが、ちょっとだけあったかい気がした。


「さっきの抹茶パフェというのは、なかなか美味だったな。寒い季節に暖かい室内であえて冷たいものを食べるというのは、金持ちの一種の道楽なのか？」

駅ビル内の和カフェで抹茶パフェを食した伊吹さんは、ひたすら感激していた。どうやらアイスクリームを食べたのは初めてらしい。ぷるぷるした抹茶寒天も「なんだこの食感は」とスプーンの上で何回も揺らしていた。

そんな伊吹さんをちょっとだけかわいいとときめいてしまったことは内緒だ。

「現代はどこに行っても冷暖房がきいていますから。冬でも冷たいものが食べたくなることはありますし、実際、アイスクリームは真夏よりもちょっとずれた時期がいちばん売れるそうですよ。お金持ちでも庶民でもあまり関係ないです」

「なるほどな。やはり直接経験してみないとわからないことが多いな。お前と結婚してから初めて知ることばかりだ。人間を見ているだけだったら、知らないままだっただろうな」

「楽しんでもらえているならよかったです」

結婚相手が私じゃなくても、伊吹さんは人間のことを積極的に知ろうとしただろうなと複雑な気持ちになりながら答える。

「次は、四条河原町《しじょうかわらまち》にあるお茶屋さんのカフェです。祇園から近いんですけど、実は私も行ったことがなくて……。気になっていたお店なのでうれしいです」

今までは、カフェでお茶をする余裕もなかった。お小遣いをためて行きたいなと考えつつも、あまり家から出ない祖父のことを考えると、ひとりで行く気にもならなかった。

今さらだけど、祖父を誘ってみればよかった。本当は祖父も行ってみたいと思っていたかもしれないのに。

バスを降り、見慣れたアーケード街を歩く。

伊吹さんと手をつないで歩くと、よく知っている景色なのに今日は違う色に感じられる。

日射しが金色で、キラキラしているような、あったかいような秋の午後の町並み。

初めてのお出かけのせいか伊吹さんも機嫌がよくて、いつもより口調や笑顔が明るい。ただでさえ周りが輝いて見えるのに、伊吹さんを見上げるとなんだかまぶしくて直視できない。

伊吹さんには今日の景色は、どんなふうに見えているのだろう。

白壁のこぢんまりしたカフェに入って名物を頼むと、枡に入った抹茶ティラミスと宇治抹茶のセットが運ばれてきた。

「わあ、すごい。本物の檜《ひのき》でできた枡を使っているんですね」

枡にめいっぱい入った抹茶ティラミスを前に私は歓声をあげた。しかし、同じような反応をすると予想していた伊吹さんは、なぜか苦虫を噛みつぶしたような表情をしている。

「……枡か」

そうつぶやく声も憎々しげで、なぜ枡にそこまで嫌悪感を？と疑問がわく。

「枡になにかあるんですか？」

そうたずねると、伊吹さんはしかめていた顔をゆるめて、ぎこちない笑顔を作った。

「枡というか、酒にな。昔のことを思い出して嫌な気分になるだけだ。この甘味が悪いわけではないから気にするな」

「そうですか……。神様ってみんな、お酒が好きなイメージだったんですけど違うんですね。御神酒《おみき》とかありますし」

あれってたしか、神様に捧《ささ》げるお酒だったよね。ほかにも、神前式の結婚式だと新郎新婦がお酒を飲むし、神様とお酒は近いイメージだ。

「まあ、好きな神がほとんどじゃないか？　俺は自主的に禁酒しているだけだ」

「禁酒……ですか」

お酒は飲まないのに和菓子はお薬だなんて、伊吹さんは本当に、どんな神様なのだろう。

伊吹さんが話したくないことを無理に暴くつもりはない。でも、一緒に過ごす時間が増えるたびに、伊吹さんの素性や過去を知りたくなっている。

モヤモヤしていたら、「心配しなくてもいい。お前と出会ってから、昔を思い出すことも減った」と伊吹さんが優しい目で私を見つめた。

「え……」

心の声が漏れていたのだろうか。こうして打ち明けてくれたことが意外で、うれしくて伊吹さんをまじまじと見つめ返していると、照れたように顔をそむけられた。

「俺のことはいいから、早く食べろ」

「あっ、そうですね」

木のスプーンをティラミスに突っ込むと、鮮やかな抹茶の下から乳白色のクリームがとろりと出てきた。

「えっ……。すごい、クリームがとろとろです！」

ティラミスのクリームはもともとゆるめだけど、ここまで潔くとろっとろのものは初めて食べる。水っぽいのかなと思ったらそんなことはなく、濃厚なマスカルポーネの味が口に広がった。クリームの下に隠れている抹茶味のスポンジは苦みも香りも強くてクリームとよく合う。

お茶屋さんだからだろうか。抹茶のおいしさを知りつくした人が抹茶にいちばん合うクリームを見つけて作ったスイーツのよう。流行りに乗っただけじゃない、お店の歴史に裏付けられた自信のようなものが、このティラミスだけで感じられる。

気がつくと、私も伊吹さんも黙々と食べ進めていた。途中で宇治抹茶を飲むと、高級で上品な味がする。うちで出している抹茶とはずいぶん違う。

「甘みと苦みのバランスが絶妙だな。クリームはこってりしているのにいくらでも食べ進められる」

同じように抹茶に口をつけた伊吹さんが、感心した様子でそうつぶやく。

「作り手の心というやつは、感じられたか？」

「はい。作った人が目指した抹茶ティラミスがどんなものか、わかる気がします」

小倉さんの抹茶ティラミスを食べたときに感じた物足りなさ。それがなんだったのか、このティラミスを食べたあとだと明確に見えてくる。

抹茶が好きな人にも苦手な人にも『おいしいね』って喜んでもらいたい。和菓子のいいところも、洋菓子のいいところも取り入れて、ケンカしないようにちょうどよく混ぜて。ホッとひと息つけて、明日からもがんばろうって気力がわいてくるような抹茶スイーツを、私たちも作らなきゃいけない。

お手本のような和スイーツを目の前にして、私たちが本当にそんなすごいものを作れるのか、不安になってきた。


その後も土産物屋さんで抹茶ロールを買ったり、ほうじ茶ラテを飲んでみたりと、夜になるまで街を回った。

意識すると、京都の至るところに和洋折衷のスイーツがあってびっくりする。着物生地のドレスやワンピースも見たし、和と洋のミックスは食べ物だけにとどまらない。

私の買ってもらったヘアピンだってそうだ。

私の想像以上に京都という町は新しいものに寛容で、おおらかに取り入れてきたのかもしれない。今までもずっと。

こんなふうに、男性と一日お出かけするのは初めての体験だった。私の人生において、初デートだ。ふわふわと気分が高揚して、ドキドキするものだなんて知らなかった。ショッピングもお茶も、ひとりでするのと全然違う特別な感覚。それは、相手が伊吹さんだからなのだろうか。

お店に帰ってきたあとは、喫茶スペースを使って伊吹さんと和スイーツの相談だ。

「和スイーツにも抹茶が合うことがわかったので、イートインするお客様にはお出ししたいです」

「そうなると、菓子をのせる器や皿も大事だな。枡以外でなにかあるか？」

などと、デートの興奮が冷めないままふたりでいろんなアイディアを出す。しかし、あんなに楽しかったのに、肝心の和スイーツに関しては、ぼんやりとした像さえ見えてこない。

私が夕飯とお風呂をすませたあとも、二階の茶の間で話をしていた。私はパジャマ、伊吹さんは洋服から着替えて着物姿だ。昼間着ている着物とは柄も帯も違うので、寝るとき用なのかもしれない。

気がつくと、もう夜の十一時を回っていた。さすがにそろそろ眠らないと明日の朝起きるのがつらい。

「もう夜遅いし、寝ましょうか」

そう言って立ち上がると、伊吹さんが私の腕をぱしっとつかんだ。

「伊吹さん？」

見下ろす伊吹さんはいつもと違う、どこか心細そうな顔をしていた。

「……今日、一緒に寝てもいいか？」

遠慮がちに告げられた言葉に、私は目を見開く。

「えっ!?」

「添い寝するだけだ。なにもしない」

表情も口調もいつもより弱々しいのに、私の腕をつかむ手だけ強い。

「で、でも、どうして……」

ハッとして窓の外を見る。いつもより明るい夜空。そこに煌々と輝くのは、まあるい黄色の……。

そうだ、今日は満月だ。伊吹さんの本当の姿を目にしたあの日から、もう一ヵ月がたつ。

伊吹さんの瞳が不安に揺れているような気がして、胸がぎゅっとつかまれたみたいになる。

こんな捨てられた子犬みたいな顔するなんて、ずるい。ほっとけない、そばにいてあげたいって、思ってしまうじゃないか。

「わ、わかりました……。ほんとになにもしないんですね?」

「ああ。約束する」

私の部屋に招き入れると、急にドキドキしてきた。

「……おい」

棒立ちしている私の肩に、伊吹さんの手が置かれる。

「ど、どうぞ。横になっていてください。私、歯磨きしてきます」

緊張感に耐えかねて、私はもう済ませてある歯磨きをもう一度する。しゃかしゃかと歯ブラシを動かしているとだんだん頭が冷静になってきて、『なんてことを了承してしまったんだ』『猫かぬいぐるみと添い寝するのとは違うんだから』と焦ってくる。

でももう了承してしまったのだから、猫かぬいぐるみだと思って乗り切るしかない。

「……あ、そうだ」

歯磨きを終えて部屋に戻る前に、万が一に備えて和菓子と緑茶の準備をしておく。

「これでよし……と」

伊吹さん自身が作った和菓子だけど、これだけ上達したのだから効果はあるはず。

「も、戻りました」

部屋に戻ると、伊吹さんが私の布団に入り上半身を起こしていた。こうして見ると、伊吹さんが大きいせいか、ほとんど私の寝るスペースがない……ような。

「あ、あの。窮屈だと思うのでお布団もう一枚敷きますね！」

ひと息でそう告げて押し入れを開けようとすると、「ひとつでよい」と伊吹さんに腕をつかまれて布団の中に引きずり込まれた。

「……っ」

ひと組のお布団の中で、後ろから伊吹さんに抱きしめられる。ぬいぐるみだと思おうとしたのに、これじゃ私のほうが抱き枕みたいだ。

後頭部に、伊吹さんの息がかかる。

「今日は昔のことを思い出して気分が悪かったが……こうしていると落ち着くな」

耳のすぐそばで伊吹さんの低い声がする。

心臓がばくばくして身動きが取れないでいる間に、伊吹さんのすやすやとした寝息が聞こえてきた。

「……伊吹、さん？」

「あか、ね……」

声をかけてみると、ふわふわとしたイントネーションで名前を呼ばれる。

「はっ、はい」

思わず返事をしてしまったけれど、これって寝言なのでは。

じっと待ってみると、寝言の続きが聞こえてきた。

「すまない……本当は……もっとちゃんと、きゅうこ……」

「……九個？」

神様がどんな夢を見ているのか、非常に気になる。ただ、私が聞き取れなかったのか、もともと意味なんてないのかわからないけれど、伊吹さんの寝言は解読できなかった。

寝息は規則正しく、起きる気配はない。

よかった。今日は和菓子のお薬は必要ないみたい。

伊吹さんの腕の中で身体の力を抜いて、私も目を閉じる。

大きな胸とがっしりした腕。そこから伝わってくるあったかい体温。ゆったりとした寝息と、『とくん、とくん』とかすかに感じる心臓の鼓動。

ドキドキしていたはずだったのに、なんだか落ち着く。

祖父に引き取られたばかりのころ、両親がいないことが寂しくて悲しくて、夜になると毎日泣いていた。昼間は我慢できても、暗くなると不安でたまらなくなった。

そんな私を抱きしめて、祖父は毎晩一緒に寝てくれた。骨っぽくて小柄なおじいちゃんと一緒にお布団に入っていると、びっくりするくらいあったかくてよく眠れた。

怖い夢を、おじいちゃんと一緒のときは見なかった。

そのころと同じ安心感を私は抱いている。

……そうだ、今は伊吹さんだけが私の家族なんだ。嫁にもらわれた理由がなんであろうと、伊吹さんの過去がどんなものであろうと、この瞬間の気持ちには関係ない。

彼が苦しまなくてよかったとホッとする。寝息や鼓動を尊いと感じる。明日も一緒に目が覚めて、また同じ一日が始まると思うとうれしくなる。

この気持ちは、きっと家族愛だ。恋であるはずはないのだから。

伊吹さんの体温と私の体温がすっかり混ざるころ、安心しきった心地よいぬくもりの中で、私のまぶたも落ちていた。

＊＊＊

夢の中で、小学生の私がべそをかいている。それを見ている祖父が困った顔で頭をかく。

「和菓子じゃなくてケーキがたべたい。おかあさんが作ってくれたチーズケーキがたべたい」

なんてだだをこねるのだ、と焦るけれど、夢の中の自分には届かない。

……そうだ。今まで忘れていたけれど、こんな出来事があったのだ。おやつの時間になると和菓子ばかり出されるのに慣れず、母の味が恋しくてわがままを漏らしたことが。

「そう言うても、クリームチーズなんてうちの厨房にはないしなあ……」

おじいちゃんを困らせている自分にだんだん罪悪感を覚えて、涙で濡《ぬ》れた顔を上げたとき。

「……そうだ。あれをつこうてみるかな」

祖父がなにかを思いついた様子で厨房に向かったのだ。

オーブンに入れられる、抹茶色の生地。焼き上がるまでのワクワクした時間と、それを食べたときの気持ちを覚えている。

祖父が作ってくれた、クリームチーズを使わない抹茶チーズケーキ——。

＊＊＊

朝目が覚めると、隣に伊吹さんはいなかった。そこにいた証の体温だけが残っていて、ねぼけまなこで目をこする。

「伊吹さん……？」

部屋の中を見回すと、私が作った、箪笥の上に祖父の位牌と遺影を置いただけの簡易仏壇に伊吹さんが手を合わせていた。

「茜。起きたか」

「はい、おはようございます」

伊吹さんはすっきりとした顔をしていて、血色もよかった。やはり昨夜は発作は起きなかったのだとホッとする。

「昨日はお前のおかげでよく眠れた」

「よかったです。私も、なんだかいつもよりぐっすり……」

そこまで伝えたところで、恥ずかしくなって言葉を切った。

「そ、祖父に手を合わせてくださっていたんですか？」

「ああ。共寝をしたのだから、お前の祖父にも報告しなければならないだろう。ただでさえ嫁にもらうときは無断だったのだから」

神様だからなのかもしれないけれど、おじいちゃんを〝もういない人〟として扱っていない伊吹さんの言葉に、少しまぶたが熱くなった。

「あの……伊吹さん。昨夜、祖父の夢を見たんです」

布団の上で正座して伝えると、伊吹さんの眉がぴくりと動いた。

「……怒っていなかったか？」

こっそりと機嫌をうかがうような声。神様でも嫁の身内は怖いのかと思うと、なんだかおかしかった。

「大丈夫です。小さいころの夢だったんですけど、それで昔祖父が作ってくれた抹茶チーズケーキを思い出して」

「お前の祖父が、ケーキを？」

「はい。そのケーキを再現してみたいんです」

伊吹さんは静かに微笑むと、「わかった」とうなずいた。


朱音堂の厨房で朝の仕込みが終わったあと、チーズケーキ作りにとりかかる。……が、チーズケーキに必要な大事なものがないので伊吹さんは怪訝な顔だ。

「おい、さっきチーズケーキと言っていたろう。ここにはチーズはないが、いいのか？」

「大丈夫です。チーズの代わりにこれを使います」

私は、二階の台所から取ってきた材料のふたつを調理台に置く。

「これは……豆腐とレモンか？」

伊吹さんが首をひねりながら返す。

「はい。このふたつを合わせると、チーズのような味と食感になるんです。これを代用して祖父がチーズケーキを作ってくれたんです」

ほかに必要なものは、小麦粉・砂糖・卵。それらを混ぜ合わせた生地に水切りした豆腐とレモン汁、抹茶を加える。見た目は完全にケーキの生地で、豆腐が入っているなんて信じられないくらいだ。

型に入れてオーブンで焼くと、抹茶の香りがふわりと広がるチーズケーキができあがった。

「見た目は素朴だな。食べてみるか」

「はい」

切り分けたケーキを、まだ温かいうちに口に運ぶ。しっとりした生地を噛みしめると、懐かしい味が広がった。素朴で優しいおじいちゃんの味。

それを初めて食べたときの光景も、ふんわりしたもやに包まれたまま頭の中で再生される。

『茜、おいしいかい』

そう問い、ニコニコしながら私がケーキを食べるのを見ている祖父。

『うん、おいしいよ』

満面の笑みで答えた小学生の私はもう、さっきまで泣きべそをかいて母の味を恋しく思っていたなんて忘れている。ただ、祖父が自分のためだけにこんなにおいしいケーキを作ってくれたことがうれしくて仕方なかった。

そのあと、小倉さんたちにもおすそわけして、みんなで食べたんだっけ。

抹茶のようにほろ苦くて、でも温かくて優しい記憶。

「おいしい、です」

こぼれそうになった涙を飲み込むために明るい声で口に出す。

「ホッとする味だな。初めて食べるのに、懐かしい気がする」

ひと口食べた伊吹さんも顔をほころばせていた。

「抹茶じゃなくて、コーヒーを出してもいいかもしれませんね。あと、底にタルト生地を敷いたり、喫茶スペースでご注文のお客様には、あんこやホイップクリームをトッピングしてもいいかも」

私は次々に提案を口にするが、伊吹さんは「ああ……うん」と煮え切らない返事だ。

「伊吹さん、どうしたんですか？」

褒めてくれたけれど、なにか気に入らないところがあったのだろうか。

問いかけると、伊吹さんは気遣うような口調で「茜」と私の名前を呼んだ。

「新メニューは、この抹茶チーズケーキにするのか？　お前と祖父の思い出の味を、小倉に対抗するために使ってもいいのか？」

伊吹さんの意外な言葉に目をみはった。そんなところまで考えてくれていたなんて、感激でまぶたが熱くなる。

「はい。この抹茶チーズケーキを改良して、新メニューにしたいです。今は小倉さんに勝つためじゃなくて、おじいちゃんの味をたくさんの人に食べてほしいって思うんです。食べて、ほっこりしてもらえたらうれしいなって」

「……そうか。俺は小倉を打ち負かそうとばかり考えていたが、作り手の心がこもっているというのは、そういうことなのかもしれないな」

伊吹さんのつぶやきが胸の中にすとんと落ちて、家とお店をなくしてからぽっかり空いていた穴を満たしてくれた。

だれかの体温を感じながら眠りに落ちるときみたいな、あったかさと一緒に。

抹茶チーズケーキの改良も終え、次の定休日。私は再び千草の通う大学に向かっていた。

まず千草に試食してもらって感想を聞いてから店に出したいと私がお願いしたためだ。携えた紙袋の中には、作りたての抹茶チーズケーキが入っている。

先日作ったものより抹茶の質を上げて、食感の違いを楽しむためにタルト生地を底に敷いた。甘さは控えめで、コーヒーと一緒にお出しするときにはトッピングの生クリームとあんこで甘さを調節してもらう作戦だ。

千草は『おいしい』と喜んでくれるだろうか。率直で明快な彼女だから、ダメなときはダメとはっきり告げるはず。

自分が作った和菓子を食べてもらう機会もあまりなかったため、バスに乗っているときも少し緊張していた。

いつものカフェテリアに向かおうとすると、なんだか周りの様子がおかしい。妙に女子学生がさわがしくて、「早く早く！」と何組かのグループがカフェテリアまで走っていくのだ。

なんだろう……。限定のランチメニューでも出たのかな。

そんなのんきなことを考えながらカフェテリアに入ると、「キャー」という黄色い声が耳に飛び込んできた。

嬌声《きょうせい》の方向には女子学生の人だかりができている。中心にいるのは、頭ひとつぶん女の子たちより背の高い、黒髪に眼鏡の男性で……。

「って、ええっ？　伊吹さん⁉」

先日購入した洋服を着て眼鏡をかけた伊吹さんが女の子たちに取り囲まれていたのだ。

近づくと、私に気づいた伊吹さんが人波をかきわけて私の元に来てくれた。

「い、伊吹さん。どうしてここに？」

女の子たちの視線が痛い。「あの子だれ？」「何回生？　どこの学部？」というささやき声が聞こえてくる。

「茜の友人の意見を直接この耳で聞きたくてな。こっそりついていって盗み聞きするつもりだったんだが、うっかり姿を見せたらなぜか騒ぎになってしまった」

伊吹さんは疲れたように肩を落として、うんざりした表情をしている。きっと女子生徒たちに質問攻めにあったのだろう。

でも、ちょっと意外だった。伊吹さんは手が早そうだし美形だから、さぞかし女性の扱いには慣れていると思っていたのに。この様子だと、なにも答えていなさそう。

「ちょ、ちょっと、茜！ この人知り合いなん⁉」

伊吹さんの周りにできていた人だかり、そのはじっこのほうから千草が飛び出してきた。

「ち、千草。あの中にいたの？ えっと、実は今のお店の店長さんで……」

「ええっ！ こんなイケメンに引き抜きされたん？ 茜、うらやましすぎ！」

千草の変わり身の早さに呆然とする。この前は、得体の知れない男で信用できないと言っていたのに。

「ね、ね。店長さんって独身？ 彼女はいたはる？」

たずねられて、心臓が跳ねる。私が伊吹さんと結婚していることは、秘密にしなければいけない。ここは、フリーだと答えておくのがいちばん無難なのに——。

「結婚……は、してるみたいだよ。えっと、よくは知らないけれど」

心とは裏腹に口が勝手に動いていた。

千草は「ええーっ、そうなん！」と残念そうに口をとがらせている。

どうして私、嘘をついてしまったのだろう。いや、伊吹さんが結婚しているというのは嘘ではないけれど。フリーだと答えて、千草やほかの女子生徒が伊吹さんを狙い始めたら嫌だと思ってしまったのだ。

「そうだ。俺には大事な嫁がいるから、お前たちの相手はできん。とっとと散れ」

私たちの会話を聞いていた伊吹さんが、集まっている女子生徒たちに向かって声を張り上げ『しっしっ』と追い払うようなジェスチャーをする。

「えーっ」という悲鳴と、「愛妻家なんて萌《も》える」というねっとりした視線を一身に受ける伊吹さんだが、もう周りの声は聞こえていないみたいだ。

「貴殿が千草どのか。いつも茜が世話になっている。今日は直接お目にかかりたくてうかがったのだが、場を騒がせてしまってすまない」

今までにない礼儀正しさで伊吹さんが頭を下げるものだから、私は口をあんぐり開けてしまった。

「えっ、ええっ。そんな、店長さんがわざわざ私に会いに!?　こ、光栄ですっ！」

赤面してあたふたする千草。普段はこんなにかしこまった人じゃないから緊張しなくていいのに、と言いたくなる。

「千草どの。茜が持ってきた菓子を試食していただきたいのだが、ここでは落ち着かない。どこか静かな場所はあるか？」

いまだカフェテラスを独占している人だかりをちらりと伊吹さんが見る。たしかに私もこの状態だと落ち着かないかも。

「あ、それなら……」

伊吹さんの問いにしばし考え込んでいた千草は、笑顔でぽんと手を叩いた。


「わあ、ここ？　広くて素敵だね、ベンチもある」

千草が連れてきてくれたのは、屋外にある芝生エリアだった。木でできたベンチやテーブルも置いてあってひなたぼっこにもってこいだが、今は人が少ない。

「春先だと桜を見ながらたむろっている人が多いんやけど、最近は寒くなったから静かなんよ」

「そうなんだ。秋だって風が気持ちいいのにもったいないね。あそこに生えてるイチョウだってあんなに立派なのに」

伊吹さんと並んでベンチに腰かけながら答えると、テーブルを挟んで向かい側に座った千草はふふっと笑った。

「茜はそう言うと思ってた」

「じゃあ、食べてもらうね。……これなんだけど」

持ってきたケーキ箱を開けると、中には抹茶色のチーズケーキがふたつ。

「……ベイクドチーズケーキ？」

「うん。抹茶のね。でも、チーズは使ってないんだよ」

「ええっ、どういうこと？」

「いいから、一回食べてみて」

持ってきた紙皿にチーズケーキを置き、小瓶に詰めてきたホイップクリームとあんこをトッピングする。ついでに、水筒に入れてきたあつあつのコーヒーも一緒に出す。

「茜、そんなものまで持ってきたのか」

「どうせなら、喫茶スペースと同じ状態で食べてほしくて」

目を丸くする伊吹さんと千草に照れ笑いを返して、持参したフォークを添えて千草に渡す。

「はい、どうぞ」

「わー、楽しみ！　いただきます」

ウキウキした様子でひと口食べた千草は、ほうっと息をついてなにかを思い出すように視線を宙にさまよわせた。

「……おいしい。なんだか懐かしいような、優しい味。私、このケーキを茜にもらったことってあったかな？」

そんな発言を伊吹さんもしていたなと微笑む。このチーズケーキには、自分の心の郷愁を呼び覚ます力でもあるのだろうか。

「ううん、ないと思う。このケーキね、昔おじいちゃんが作ってくれたんだけど、チーズの代わりに豆腐とレモンが入ってるの」

「ええっ、豆腐？　それでチーズケーキなのにさっぱりしてるんね。この間の抹茶ティラミスはたしかにおいしかったけど、一回食べたら満足する味やったの。でもこれは、毎日でも食べたくなるわ」

千草の感想を、どこか自分に対してのものじゃないように聞く。ぼうっとしていると「茜、褒めてるんだよ」と千草に正面からつつかれた。

「……ってことは」

「やったな、茜。これで新メニュー決定だ」

伊吹さんが力強い表情で微笑んでうなずく。私もそれにうなずき返すと、遅れた感動がおそってきた。

「うれしいです……。千草、食べてくれてありがとう」

「ううん、こちらこそ。最初に試食できるなんて光栄やし」

再びチーズケーキを口に運んで、幸せそうにニッコリ笑う。

このときの千草の笑顔を、私は一生忘れないだろう。ずっと見たかった、自分のお菓子が作る親友の笑顔を。

「……なんかふたり、ただの従業員ってわりには距離が近ない？」

試食会が終わり、千草に校門まで送ってもらっていると、そうこっそりと耳打ちされた。ぎくりと冷や汗が流れる。

「えっ、そんなことないよ！　伊吹店長がほら、フレンドリーな人だから」

「ふうん、あやしいなあ……。まあ、茜は不倫するタイプじゃないか。初恋もまだやしなあ」

「はは……。そうだね」

初恋を飛ばしていきなり結婚しちゃうくらいの冒険はしてるんだけど。

そのとき私は、今日は大学に来ていても同年代の子たちに置いていかれるような切ない気持ちになっていないなと気づいた。もしかして伊吹さんが一緒にいるおかげなのだろうか。

斜め後ろを歩く伊吹さんをちらりと見ると、私の心の内を見透かしているのかいないのか、いつものたくらむような顔でニヤリと笑った。

その後、新メニューの抹茶チーズケーキは大ヒット。喫茶スペースも連日大賑わいになった。というのも、このヒットには理由がある。

実はあの日、伊吹さんに一目惚《ひとめぼ》れした女子生徒たちも離れた場所から私たちを見ていたらしい。

私と伊吹さんが帰ったあと取り囲まれて尋問にあった千草は、伊吹さんが和菓子屋の店主であることを話し、私がお土産用に渡した抹茶チーズケーキをみんなに見せた。ひと口ずつ味見したそれを全員がいたく気に入ってくれたらしいのだ。なんでも、チーズケーキも抹茶スイーツも好きだけどカロリーが気になって我慢している子が多かったのだとか。

カロリーや健康のためではなく単にチーズが家になかったから代用しただけだったのに、思わぬところで人の役に立った。

そして、女子大生がお店にわいわい集まると、その口コミが家族や先生、友達にも広がる。そうやって、近所の人だけではなくいろんな人たちが朱音堂を訪れることになった。

「茜。小倉の店の抹茶ティラミス、今はそんなに流行っていないらしいぞ」

鬼まんじゅうに抹茶チーズケーキ、名物がふたつもできた忙しい日々を過ごしていたら、伊吹さんが営業中、私にこっそりと耳打ちしてきた。

「えっ、そうなんですか？　でも伊吹さん、そんな情報どこで……」

「客として来た女子生徒が噂していたんだ。流行ったのは一瞬で、今はもう作るのをやめたらしい」

「そうですか……」

複雑な思いでつぶやく。小倉さんに勝ててうれしい気持ちはあるけれど、甘味を愛する者として、ひとつのお菓子が終わりを迎えるのが悲しい。

「やはり長く愛されて人々に食べられる菓子には理由があるのだな。小倉たちの菓子は、それを越えられなかったのだろう」

「……私たちのお菓子も、長く愛されるでしょうか」

一瞬だけ流行って大量消費され、忘れられていくお菓子たち。そんな過去のお菓子のように、抹茶チーズケーキがもしなったら、私は耐えられるのだろうか。

「そうなるに決まっている」

私は神妙な気持ちになったのに、伊吹さんは迷いなく即答し、頭をぽんぽんとなでてきた。

どうしてこの人は、いつでも自信満々でいられるんだろう。

伊吹さんと出会ったときから、その強引さに戸惑ってきた。でも、今は彼のそんなところに救われている。

「どうしてわかるんですか？」

「忘れたのか？　俺は神だぞ」

冗談のような口調で真実を口にするものだから、私はくすりと笑ってしまった。

「そういえば、そうでした」

「本当に忘れるやつがいるか」

伊吹さんは、ピンと私のおでこをつついてきた。

「お前は大船に乗ったつもりでいろ」

「はい」

今なら、なんとなくわかる。伊吹さんがいつも自信満々な態度なのはきっと、私を不安にさせないためだ。

満月の夜に添い寝を頼んでくるような弱い部分もあると知ってしまったから、知らずに距離を感じていた最初のころには戻れない。今はもう、彼を近くに感じることを止められない。

いつの間にか京都中の紅葉も色づいて、そろそろ冬の風が運ばれてくる。

寒い季節に心を温めるようなお菓子を、さあ、どういうふうに作ろうか。

祖父との別れからひとつの季節が終わることが少し寂しくも思う。でもきっと大丈夫。季節が移ろっても変わらないものがあると、おじいちゃんのチーズケーキが教えてくれたから。

第四話　花嫁のためのお菓子

十二月になると、朝には窓に霜がおりて、吐く息も白くなった。

まだまだ雪が降るような気候でないとはいえ、朝晩は底冷えする。古い木造家屋の朱音堂は隙間風も寒く、二階の住居部分もストーブがつくまでの時間が厳しい。

ふうふうと両手を息で温めながらやかんでお湯を沸かしていると、伊吹さんが起きてきて熱い緑茶をねだる。そして、そのまま出勤時間まで茶の間のこたつに当たっている。

「寒いんですか？」と聞いたら、「暑さ寒さはあまり感じないが気分の問題。でも、お前がもっとそばにくれれば寒くないかもな」と腰を抱き寄せてきた。

あいかわらずスキンシップが多いのはさておき、枡が苦手だったり、和菓子がお薬になったり。豪快に見えても、伊吹さんの中身は意外と繊細なのだとわかってきた今日このごろ。

食事は必須ではなくて嗜好品だと言っていたが、伊吹さんが見ている前で自分だけ朝ごはんを食べるのも申し訳なく一応勧めるようになったら、伊吹さんも一緒に朝ごはんをとるようになった。

お味噌汁と白いご飯、お漬物と夕飯の残りの一品。そのくらいの質素なメニューだけど、伊吹さんは毎日興味深そうに食べてくれる。祖父が亡くなってから約二ヵ月の間、ひとりでごはんを食べるのが寂しかったのでありがたかった。

びっくりしたのは、伊吹さんがおにぎりを嫌いなこと。一度、朝食のご飯をおにぎりにしたら、『おにぎり、という名前が気に入らない』と顔をしかめられた。『おにぎり』が『鬼斬り』に聞こえるらしい。それ以来、おにぎりではなくおにぎらずを出すようにしている。

「朝食というものを気にしたことはなかったが、朝から共に食卓を囲むと気持ちが違うのだな。お前の作った食事を食べられる男が自分だけだというのも、気分がいい」

そんなことを言われて赤面する。

こうして食卓を囲むのも伊吹さんに私を気遣うような意図はなく、ただの気まぐれなんだとわかっているけれど、気まぐれが長く続けばいいのになあと思ってしまう。

人恋しいのは、冬だからなのだろうか。

「つぶあん！」

昼休憩の間、鴨川で小豆を洗っているつぶあんに会いに来てみた。川の水は冷たくなったというのに、つぶあんはちっちゃな手のひらをびしょびしょにして小豆を洗っている。

「くりまんじゅう。なんのようだ」

「今日は寒いから、つぶあんの手が凍っちゃうかなと思って。湯たんぽに入れてお湯を持ってきたの。あと、水筒にお茶も」

「……これ、あったかい」

川べりに風呂敷を敷いて腰かけ、銀色のアルミ製の湯たんぽに肉球をくっつけたつぶあんは、目を細めてうっとりしている。

「中のお湯がもう少し冷めたら、蓋を開けて直接手を突っ込んじゃってもいいよ」

「……そうする」

「お茶は飲める？　猫舌じゃない？」

「だいじょーぶだ」

水筒のコップにあったかい黒豆茶を注ぐと、両手でしっかり持ってちびちびとなめている。小豆が好きなら黒豆も好きだろうと思って選んだのだが、気に入ってもらえたみたいだ。

しっかり黒豆茶を飲み終えたあと、つぶあんは湯たんぽにくっつけていた身体を引き剥がして、小豆がたっぷり入ったザルを持ち上げる。

「アズキあらうおと、きくか？」

「え、いいの？　でも、せっかく手あっためたばっかりなのに」

「もんだいない。えんりょするな」

つぶあんはふんふんと鼻息を荒くして川面に向かった。

もしかして、つぶあんなりのお礼なのかな。

――しょきしょき……。

ザルの中で小豆をこすり合わせて洗う、小豆洗いの音。

「このおときくとおちついて、いやなことわすれられるって。イブキいってた」

「伊吹さんが？」

――しょきしょき……。

ためしに目を閉じてみると、つぶあんの出す音だけが耳に響いて、ここが冬の鴨川だというのも忘れてしまいそうだった。

「ほんとだ。なんだか落ち着く」

薄氷を踏むような、新しい鉛筆を削るような、心地いい音。

「伊吹さんも小豆を洗う音、聞きに来るの？」

『イブキいってた』という言葉が気になって、たずねてみた。

「むかしはよくきてた。さいきんはへった」

「最近って、どのくらい？」

「たぶん、じゅうねんくらい」

「十年……」

最近が十年ということは、私たちの感覚とはゼロがひとつぶんくらい違うのかも。

「伊吹さんにも忘れたい嫌なことがあったのかな」

だとしたら、十年の何倍、もしかしたら何十倍もの間、伊吹さんはひとりでつらい記憶と向き合ってきたんだ。『思い出して嫌な気分になる』と言っていた過去。

つぶあんは私の問いには答えず、黙々と小豆を洗っている。

「つぶあん、ありがとう。また来るね。これ冬の新作の和菓子だから、よかったら食べて」

腰を上げて着物の裾をぽんぽんと払ったあと、風呂敷の上にころんとした形がかわいい〝ゆきうさぎ〟を置く。つぶあんは小豆に目線をやったまま、こくんとうなずいた。


「……やっかいな女の気配がする」

「えっ？」

交代でとった昼休憩から帰ってくるやいなや、伊吹さんは頭痛と歯痛が同時に来た人みたいなしかめっ面でつぶやいた。

「どういうことですか？」

私がたずねたときにはもう、身をかがめて逃走態勢に入っている伊吹さん。

「俺は隠れる。だれかたずねてきても俺はいないと言え」

ショーケースの裏に回って、顔だけ出してきょろきょろしている姿はとても鬼神とは思えなかった。

「えっ、困ります！　閉店まで私ひとりで回すんですか？」

「ぐっ……」

伊吹さんの着物の袂《たもと》をつかんだとき、店の入口扉が開いた。

こんなところをお客様に見られたらまずい。私はあわてて姿勢を正し、伊吹さんを完全にショーケースの陰に押し込んだ。

「い、いらっしゃいませ」

「どうも！　おじゃまするわよ」

ずかずかと大股歩きで乗り込んできたお客様は、不思議な服装をした二十代後半くらいのロングヘアの美女だった。

ひらひらとなびく仙女のような服。十二単に似ているけれど、もっと軽やかで動きやすそう。半透明のショールのようなものを羽織って、つややかな黒髪は頭のてっぺんにふたつのお団子を作ってもまだ腰を越える長さだ。

そして、ティアラのような形の髪飾り。

伊吹さんに聞かなくてもわかる。絶対に一般人ではない。この人は女神様だ。

「……やっぱり、来た」

伊吹さんはショーケースの裏に座り込んで額を押さえていた。

ということは、『やっかいな女』って、この人？

「あなた、ここの売り子よね。伊吹はいるの？」

女神様の前に進み出ると、ぐいっと顔を近づけられた。

白くてすべすべの肌に配置された真っ赤な紅を引いた唇や、猫のようにつり上がった大きな瞳を至近距離で見ると迫力満点で、目が泳いでしまう。

「え、ええと……」

ここでショーケースの方向をちらりと見てしまったのが失敗だった。女神様がそれを見逃すはずもなく、伊吹さんはあっという間に引きずり出される。

「伊吹、あなたねえ！」

伊吹さんの耳を引っ張って、大声でがなりたてる女神様。

「引っ張るな、痛い」

対する伊吹さんの抗議は弱々しい。伊吹さんにこんな態度をとれるなんて、いったいこの人はどんな神様なのだろう。

「久しぶりに京都に帰ってみたら話が違うじゃない！　女と一緒に店をやるなんて聞いてないわよ！」

「言っていないからな」

伊吹さんが耳をつかまれたまましれっと言い放つと、女神様は「きーっ」と金切り声をあげて地団駄を踏んだ。

「お前はあいかわらず怒りっぽいな」

伊吹さんがおかしそうに笑うと、女神様は「いつも言葉が足りない伊吹よりマシよ！」と返す。

伊吹さんのこんなにくだけた口調や態度は見たことがなくて、なぜだか胸がズキンと痛んだ。

じゃれ合っているようなケンカを眺めていると、女神様は伊吹さんをぱっと放して私に向き直った。満面の笑みを浮かべているけれど、なぜかさっきよりも怖い。

「あなた、名前はなんていうの？」

「は、はい。栗原茜です」

女神様が私をなめ回すように上から下まで見つめる。

思わず手をぴしっと横に置いて〝気をつけ〟の体勢になった。

「ふうん。くりはらっていうより、栗まんじゅうって感じね。色気も華もない感じがぴったりじゃない。伊吹はなんであなたみたいな子を売り子にしたのかしら」

口調は優しかったけれど、もはやトゲを隠す気もないみたいだ。女神様の言葉がチクチクと胸を刺す。

「は、はあ。よく言われます……」

まさかつぶあんに続き、女神様にも栗まんじゅう認定されるなんて。

「ん……？」

腰に手を置いて私を眺めていた女神様は急に顔をしかめると、鼻先を近づけてふんふんと匂いをかぎ出した。

「あ、あの……？」

私が戸惑っているうちに、彼女は貼りつけたような笑顔で伊吹さんをじっと見つめる。

「伊吹……？　この子、半分人間じゃない気配がするんだけど」

「ああ、結婚したからな」

「はあ!?　なんですって？　あたしを差し置いて？」

躊躇なく宣言した伊吹さんは、耳に指を突っ込んで女神様の金切り声をやわらげようとしている。あまり効果はないみたいだが。

「あなたねえ！　神が人間と結婚するなんて、レア中のレアなのよ!?　相手の人生も巻き込むし、そんな軽い気持ちでできるものじゃないんだから！　その辺ちゃんとわかってるの？」

「……軽い気持ちじゃないと言ったら？」

「なっ……。冗談でしょう？」

呆然とする女神様。

今のは私もちょっとドキッとしたけれど、あくまで和菓子への強い思いであって私に対してではないとちゃんと理解している。

「営業中だから帰ってくれ」

伊吹さんがつかまれた袖を振りほどき、冷ややかな視線を送ると、女神様は一瞬ひるんだようだった。しかし、すぐに強気な表情に戻り「ふんっ」と鼻息を荒くする。

「店が終わったころ、また来るからね！」

吐き捨てるように告げ、女神様は大股で来たときと同じ扉から帰っていった。

「伊吹さん……今の方は？」

「市寸嶋比賣命《いちきしまひめのみこと》だ。昔からよく知っている、古い馴染みのようなものだ」

旧友ということだろうか。だからあんなに親しげな様子だったんだ……。しかし、女神様の名前に聞き覚えはない。

「いちきしまひめのみこと……？」

おうむ返しして首をかしげると、伊吹さんが言い直した。

「別名だと、弁財天《べんざいてん》だ。この名前のほうが有名か？」

「あっ、七福神《しちふくじん》の！」

女神様を何人も祀《まつ》っている『市比賣神社《いちひめじんじゃ》』がこの近くにあるが、その中にも弁天様がいたはず。

「弁財天は商売繁盛の神だから、この店舗を用意するときに力を貸してもらったんだ」

なるほど。だから店舗がこの場所だったのか。

「でも、どうして京都が久しぶりなんでしょうか。市比賣神社が近くにあるのに」

「あいつを祀っている神社だけでいくつもあるし、加えて七福神ゆかりの土地も日本全国にあるからな……。いつも京都にいるわけじゃない。だから結婚しても油断していたんだが、意外とバレるのが早かったな」

伊吹さんは、眉間をもみながら悔しそうにつぶやいた。

結婚しているのがバレてはいけない関係って……。ただの旧友ではないってこと？

「その、結婚の話以前に伊吹さんが私と店をやっていることにも怒っていましたが、そういうご関係だったんですか……？」

ただ質問するだけなのに緊張して、そわそわと何度も指を組み直してしまう。

なんだか痴話ゲンカのように見えた。伊吹さんと結婚しているのは私のはずなのに。

「いや、まったく。ただの腐れ縁だ。昔からなにかと世話を焼いてくるやつでな。結婚のことも、知られると小姑みたいにうるさいから黙っていたんだ」

「小姑、ですか。でも、ずいぶん親しそうでした……」

まるで弁天様が、夫を尻に敷く奥さんみたいだった。そんな言葉はぐっと飲み込んだ。

「もしかして、妬いているのか？」

伊吹さんはニヤリと微笑み、人差し指と親指で私の顎をつかんだ。

顎クイされたのは二回目だが、あいかわらず破壊力がすごい。いや、これは伊吹さんの顔が近すぎるせいかもしれないけれど。

「安心しろ。俺が嫁にすると決めたのはお前だけだ」

その言葉でカアッと顔が熱くなる。目が潤んで泣きそうになっているのがバレたくなくて、勢いよく顔をそむけた。

「や、妬いてなんていないです！」

「なんだ、つまらん」

興がそがれたようにため息をつくけれど、乙女心をもてあそぶのはやめてほしい。

「い、今はそれどころじゃないですよ。弁天様、また来るっておっしゃってましたし、最悪の場合お店を取り上げられるかも……」

「大丈夫だ。茜、お前は二階に宴会の準備をしておけ」

「えっ。もてなすんですか？」

「そうだ。つまみと、うまい酒を用意するのを忘れるなよ」

邪悪な微笑みを浮かべる伊吹さんに背筋がぞくっとするのを感じながら、私は「わ、わかりました」と返事をした。

閉店後に酒屋へ走り、宴会料理は出前で注文した。痛い出費だが、店が守れるならば安いものだろう。

二階の茶の間にセッティングをしていたら、階下から話し声が聞こえてきた。

階段からこっそりのぞくと、腕を組んで怒気を発している弁天様を伊吹さんがなだめている。

「まあ、とりあえず一杯飲んでいったらどうだ。茜がお前のためにわざわざ用意したんだぞ」

「……一杯？」

そのセリフを聞くなり、急に弁天様の態度が軟化する。

「まあ神としては、もてなされるのはやぶさかではないけど？」

髪の毛をくるくるといじりながら、そわそわしている様子。

「あ、あのー。用意できましたので上にどうぞ」

今だ、と思って声をかけると、頬がゆるむのをこらえている表情の弁天様が「あら、そう。じゃあ少しおじゃましようかしら」と、いそいそと靴を脱ぎ階段を上がってくる。伊吹さんが目を細めて口角を上げたのを私は見逃さなかった。

「栗まんじゅうちゃ～ん。あなた、思ったよりいい子じゃな～い」

二時間後には、すっかり酔っぱらってろれつが回らなくなった弁天様ができあがっていた。ちゃぶ台の上には食べ散らかされた宴会料理、そして床には空になった日本酒の瓶が転がっている。

「しかも、おじいさんの店を取られちゃったなんてかわいそう～」

伊吹さんにうながされるがままに自分の境遇を話したのだが、意外にも弁天様は『まあ』『そんな、ひどい』と涙ぐみながら聞いてくれた。

気性が激しい神様だと思っていたのだが、根はいい人なのだろう。伊吹さんもそうだし、神様は優しさを隠しがちなのかもしれない。

「なら、いいだろう？　このままふたりで店を続けても」

すかさず空いたおちょこに日本酒をお酌する伊吹さん。自分は飲まないのに接待はうまい。

「そうねえ～。でも、ただ許すだけじゃおもしろくないし、隠されていたことに腹はたっているし、どうしようかしら～」

ぐいっとひと口でお酒を飲みほす弁天様。

「弁天様、お願いします。この店がなくなったら、祖父の店を取り返すこともできなくなるんです」

私は必死で訴えつつお酌する。

「あら、ありがと～」

顔がピンク色になった弁天様は、どこからか琵琶《びわ》を取り出した。そういえば弁財天は、七福神のイラストでも琵琶と一緒に描かれていることが多かった。

「いい気分になったし、弾いちゃおっかな～」

細くて美しい指で奏でられる、流れるような旋律。琵琶なんて初めて聞いたけれど、こんなにキレイな音がするんだ。

「いい音……。さすが弁天様、お上手ですね」

名前のわからない曲が終わったあと拍手すると、弁天様は目を糸のように細めてとろんと微笑んだ。

「うふふ、そうかしら。なんだか気分がのってきちゃったわ。ちょっとそこの酒瓶取ってくれない？」

「えっ？　は、はい」

先ほど開けたばかりの日本酒の瓶を渡すと、弁天様はそれを片手で持ってラッパ飲みした。ごっごっごっ、という音をたて、牛乳のＣＭみたいに威勢のいい飲みっぷり。

感心している場合ではなく、さすがにこれはまずいのでは？

「弁天様、飲みすぎです！　お、お水……」

コップを持ってキッチンに向かおうとすると、伊吹さんに手をつかまれて引きとめられる。

「平気だ。神は急性アルコール中毒にはならない」

「あ、そっか。そういえばそうでした」

ハッとして力が抜けたように腰を下ろす。食べなくても飢えないならば、食べることで病気にもならないはずだ。

「あれ？　でも、ならどうして酔っぱらっているんですか？」

「食べ物は嗜好品だと言っただろう。酔いたいと思えば酔える」

「そういうものですか……」

仕組みはよくわからないけれど、神様の仕組みを深く考えても仕方ない。

「ふふふふ」と夢見るように笑い出した弁天様が、私のほっぺたをふにふにとつついてきた。

「栗まんじゅうちゃん、おもしろい子ね。そろそろ、とっておきの曲を聞かせちゃう」

「え、とっておき、ですか……？」

そのとき、伊吹さんがそろりと席を立った。

「伊吹さん、どこに行くんですか？」

「いや、ちょっと夜風に当たろうと」

伊吹さんは目を逸らしたまま答える。あやしい。なんだか嫌な予感がする。

「行かないでください」

「手を袖から離せ」

ふたりで押し問答していると、ジャジャーン！というエレキギターのような音が鳴り響いた。

「……始まったか。逃げるのが遅かったな」

「えっ、えっ、どういうことですか？」

私たちの対面には、立ち上がって琵琶をギターのようにかまえた弁天様。

さっきのは、まさかこの琵琶の音？　琵琶ってこんな音、出せるの？

「いえ～い！　やっぱり時代はロックよね～！」

そう高らかに宣言したあと、バチを激しく動かす。この曲は間違いなくロックだ。

そして、アンプにつないでいるみたいにうるさい。伊吹さんを見ると、手で耳を押さえていた。

「こうなるともうだれにも止められない。弁財天がつぶれるまで延々と自作の曲を聞かされるはめになる」

「ええっ。なんで止めてくれなかったんですか！」

「酔っぱらわせて気分をよくさせて、つぶすのが目的だったからな。避けられなかった」

だからひとりで逃げようとしていたのか。それにしても、すごい音量だ。時折ジャンプをしたりシャウトしたりと弁天様のパフォーマンスも激しい。

「あの、これって近所迷惑になりませんか？」

「普通の人間には音は聞こえていないはずだ」

私は伊吹さんの着物の袖をいっそう強く握った。

「こうなったら一蓮托生《いちれんたくしょう》です。終わるまで伊吹さんにもここにいてもらいます」

「……仕方ないな」

弁天様のリサイタルは一時間以上続いた。私たちは曲の合間に、ライブ中の水分補給よろしくお酒を渡してつぶれるのを待った。

そして今、弁天様はすうすうと寝息をたて、伊吹さんにもたれかかって寝ている。

「うぅ〜ん、いぶきぃ〜……」

寝言でも伊吹さんの名前を呼んでいるなんて、よっぽど好きなんだな。

あんなに怒っていた弁天様だったのに、今は幸せそうな顔だ。「うふふ」と寝言で笑いながら伊吹さんの肩に頭をのせている。

「……大学に伊吹さんが来たときも思ったんですけど。伊吹さんは女性にもてるんですね。弁天様がこんなふうになっちゃうなんて」

なんだか胸がぎゅっと痛くなって、言いたくもないことを口にしてしまう。

伊吹さんは弁天様を押し返して壁にもたれかからせたあと、私の顔をじっと見た。

「女にはもう懲りている。弁財天には、店を出すのに必要だったから頼っただけだ」

「……でも、弁天様はそれだけじゃなさそうでした」

とっさに口から出たのはすねたような声色で、自分に戸惑う。これじゃあまるで、伊吹さんが弁天様と仲よくしているのにやきもちをやいているみたい。

やきもちなんて、やくはずないのに。でも、伊吹さんをほかの人にとられるなんて、嫌だと思ってしまう。

「これからはもう、お前以外の女とは関わらない」

私を見つめる、まっすぐな瞳。

「どうして、そこまで……」

「自分の妻を安心させたいと思うのは当然だろう」

そんなことしなくても大丈夫。そう言いたいのに言葉が出てこなかった。お互い黙ったまま、弁天様の寝息だけが部屋に響く。

会話がなくて気まずいはずなのになぜだか離れがたくて、この夜はなかなか自分の部屋に戻れなかった。


「う〜ん、ここどこぉ？」

「あ、弁天様。おはようございます」

次の日の朝。布団から身を起こした弁天様は周りを見回して首をかしげる。

「私の部屋です」

あのあと、つぶれてしまった弁天様を私の部屋に運び布団に寝かせたのだ。

弁天様は自分が着ているピンクのパジャマに気づき、しげしげと見下ろしている。

「……この服も、あなたが？」

「はい。弁天様、全然起きないから。着物、シワになると思って。勝手に着替えさせちゃってすみません」

「……なんだか迷惑かけちゃったみたいね。ありがとう」

ひと晩たってすっかりお酒の抜けた弁天様は、殊勝な様子で頭を下げた。

「いえ、昨日は私も楽しかったですし。弁天様が泊まってくれて、うれしかったです。いつもひとりで寝ているので」

「伊吹とは一緒に寝ていないのね」

ぎくり、と身がこわばる。

私たちが結婚した理由を伊吹さんが弁天様に話していないなら、バレてはいけない気がする。

「は、はい。普段は……」

月イチで添い寝している事実が頭をよぎったが、そんなことを言えるはずもなく。

語尾が消えていった私の言葉は自分でもあやしく聞こえた。

「栗まんじゅうちゃん。ちょっとここに座りなさい」

弁天様が布団の隣をとんとんと手で叩く。

言われた通りにそこに正座したら、布団の上で姿勢を正した弁天様と向き合う格好になった。

「あなた、どういうつもりで結婚したの？　私には、かりそめの夫婦に見えるんだけど」

弁天様の真剣な表情。今まで自分が見ないようにしてきた現実を突きつけられて、ぐっと息が詰まる。

結婚したのは不可抗力で、命を守るためには仕方なかったけれど……。そのあとも夫婦という形を手放さなかったのは、それだけじゃない。

「……最初は、家族がだれもいなくなってしまって行く場所もなくなり、すがるように嫁入りを了承しました。ああこれでひとりぼっちじゃなくなった、って安心するために夫婦生活を続けてきたんです。また家族を失うのは怖かったから」

そうだ。私はひとりぼっちにならないために、家族がいるという安心感のために伊吹さんを利用していた。

「でも今は、それだけじゃなくて……」

その先の感情は複雑すぎて、うまく言葉にできなかった。

「あなたの言い分はわかったわ」

救われたようにぱっと顔を上げると、弁天様は優しく微笑んでいた。〝女神〟という表現が似合う、慈愛に満ちた美しさ。

「もう、あなたたちふたりに反対するつもりはないの。でも、栗まんじゅうちゃんの覚悟はまだ伝わってこない」

表情とは裏腹に、声色には厳しさがにじんでいる。

「はい……」

「だから、私を満足させる和菓子を作ってみてちょうだい。それができたら、ふたりのことを認めるわ」

弁天様は、今度の定休日にまた来ると言い残して帰っていった。

伊吹さんに朝なにか弁天様と話をしたのか聞かれたけれど、和菓子のことは黙っていた。

私の〝和菓子へ向ける真剣さ〟で、〝伊吹さんへの想い〟をはかろうとした弁天様。だったら、この課題は私ひとりで受けるべきだ。伊吹さんの力を借りずに。

「……といっても、なにを作ろう」

伊吹さんへの想いを示せる和菓子ってなんだろう。

閉店後、店の厨房で腕を組み考える。

ふたりで一緒に完成させた鬼まんじゅうや抹茶チーズケーキ？　ううん、そういうのじゃない気がする。

夜、自室に戻ってから、私はアルバムを見返していた。

両親と写った写真は、少ないけどもある。赤ちゃんの私をお父さんがお風呂に入れている写真や、三人で動物園に行ったときの写真。どの写真も、みんな笑顔だ。両親は恋愛結婚で、娘の私から見ても仲がよかった。

ふたりのなれそめや結婚前の話を聞くのが私は好きだった。プロポーズの話や新婚旅行の話なんて、せがんで何回も聞かせてもらっていた。

自分が生まれる前の両親の歴史が、なんだか不思議だった。そして、たしかな愛情の中で自分が誕生したことを知って、誇らしくもなった。

「あ、この写真……。お父さんとお母さんで京都に挨拶に来たときの写真だ」

写真には、和菓子くりはらの前に立っている両親と祖父が写っている。結婚相手を紹介するために父が母を連れて京都まで来たのだ。

すごく緊張していたけれど祖父も祖父のお店も温かくて安心したと、母は話してくれた。

そうだ。このとき祖父は母に和菓子を贈ったはず。祖父も緊張していたのか言葉少なだったけれど、そのお菓子を食べたら祖父が結婚を心から祝福してくれているのがわかったって聞いた覚えがある。

「思い出した。私、母から話を聞くたびに、そのお菓子に憧れていた……」

同じものを食べたいとねだったけれど、茨城には探してもなかなか売っていなくて悔しがったっけ。

たしか、名前は――。

「……よし、決めた」

弁天様に贈るお菓子は、それにしよう。

私にとって両親のルーツで、幸せな結婚の象徴。両親と祖父の話を思い出したら、自分の気持ちを伝えるにはこのお菓子しかないと感じた。

伊吹さんへの感情はあやふやで不安定で、自分でもよくわからない。でも、家族になってくれたのが伊吹さんでよかったと思っている。もし、出会ったあの日に戻れるとしても、私は小倉さんの条件をのまず伊吹さんについていくことを選ぶだろう。

期間限定の、かりそめの夫婦の私たち。

伊吹さんの気持ちが変わるかもしれないし、和菓子の技術が身についたら私と結婚している理由はなくなる。私自身も、祖父のお店を取り戻したらここにいる必要はなくなるわけで……。

ただ、夫婦でいられる時間が少しでも長ければいいなって思ってる。終わりが来るその日まで伊吹さんと仲よくいられたらいいなって。

私が伊吹さんを大切な人だと思っていることは事実だ。だから感謝の気持ちを弁天様と……伊吹さん本人にも伝えられるよう、心を込めてお菓子を作ろう。

京都でもこのお菓子を目にするのは珍しく、私もほとんど食べたことがなかったので、完成させるのに、弁天様が来る定休日までの日数をきっちり使ってしまった。

ギリギリで完成させたお菓子を持って、二階で待っている弁天様と伊吹さんの元に運ぶ。

「お待たせしました」

和柄に紅白の水引を結んだ箱をちゃぶ台の上にのせると、ふたりはおやっという表情を見せた。透明のケースに入った和菓子が出てくると思っていたのかもしれない。

「あら、箱に入っているのね。開けていいかしら」

「はい、もちろんです」

弁天様が蓋を開けた瞬間、目に飛び込んでくるのはカラフルな色彩。

「まあ！　なんてかわいい……」

ピンク、黄色、白、薄緑、薄紫の、小さくてころころとした丸いお菓子。その上にのっている小判菓子は、栗と鬼の形をしている。

弁天様がお菓子をひと粒つまんでたずねる。

「とても軽いわ。これはなにでできているの？」

「お餅です。乾燥させたお餅を煎って甘い蜜をかけたものです」

へえ、とうなずいてからお菓子を口に運ぶ。その瞬間、弁天様のきりっとした眉と唇がふわっと優しいカーブを描いた。

「本当、ほんのり甘いわ。ふわふわで不思議な食感……。初めて食べたけれど、これはなんというお菓子なの？」

「〝おいり〟です。香川《かがわ》県の西讃《せいさん》地方で嫁入り道具として持たされるお菓子なんです」

そう、私の母は香川県出身だった。嫁入りにおいりを持っていくことを幼いころから夢見ていた母。しかし、茨城と京都ではおいりを見つけられなかった。

父から香川県出身の彼女を連れてくると事前に聞いていた祖父は、この辺りではおいりが手に入りづらいことを予想して、あらかじめ作っておいたのだ。

その祖父の行動で結婚を祝福されていると感じ、母は祖父の前で涙ぐんだ。

「おいりには『その家の家族の一員として入り、心を丸くしてまめまめしく働きます』という意味が込められているそうです」

近所の人にも配るらしいけれど、こんなかわいいお菓子をいただいたら、幸せのおすそわけをしてもらってるみたいでうれしくなっちゃうはず。

そして、同じお餅で作った、平べったくて大きい小判菓子を手に取る弁天様。

「これって、栗まんじゅうちゃんと伊吹を模したのよね」

「そうなのか？　栗と鬼の形をしているが」

弁天様の言葉を聞いた伊吹さんに見つめられてドキッとする。

「は、はい。一応、そのつもりで作りました……」

「でも、どうしておいりなの？　栗まんじゅうちゃん、香川県出身じゃないわよね」

「私の母が香川県出身で。生きているころ、おいりのエピソードをよく聞かせてもらっていたんです。その話に憧れて、私が将来結婚するときは、おいりを作って相手のご家族に渡そうと決めていて……」

弁天様が眉間にシワを寄せて首をかしげる。

「……つまり、私が伊吹のご家族ってこと？」

「はい。弁天様と伊吹さんは身内のような関係だと感じたので……」

厳しい口調で怒ったり、酔っぱらった素の姿を見せたり。伊吹さんに対する弁天様の行動は、好きな男性というより弟に対する姉のようだった。

あんなふうに怒るのは、怒りの感情というより弟みたいに思っている伊吹さんを心配しての行動だったんじゃないか。

伊吹さんに人間との婚姻の重大さを説いたときも、私を気遣ってくれていた。私に覚悟を聞いたときの顔は、しっかり者のお姉さんみたいだった。

私を恋敵と思っていたら、こんな行動はできない。

「ふふ、ふふふっ」

急にお腹を抱えて笑い出した弁天様を見て、伊吹さんがぎょっとしている。

「あなたって意外と鋭いのね。怒りっぽいのは愛情の裏返しだっていう秘密に気づいちゃうなんて」

目尻ににじんだ涙をほっそりした指でぬぐう。

「……なんのことだ？」

怪訝な表情で私と弁天様を交互に見る伊吹さん。

「私から見ると、あなたなんてまだまだ青二才のひよっこってことよ」

額を突き出し、ふふんと伊吹さんのおでこをつつく弁天様。

「神になってからの年月が違うんだから仕方ないだろう」

伊吹さんはうっとうしそうに、つつかれたおでこを手のひらで押さえた。

「そういう意味じゃないの。まったく、こんなに鈍いんだから、栗まんじゅうちゃんも苦労するわね」

しばし向き合って弁天様と微笑みを交わした。

女同士でこういった秘密を共有するのは初めてで、くすぐったいような誇らしいような、あったかい気持ちになる。自分にお姉さんがいたら、こんな感じだったのだろうか。

弁天様はおいりを何粒か無言で食べると、ふーっと深く息を吐いた。

「まったくもう。こんなふうに覚悟を示されちゃ、納得するしかないじゃない」

ぺろりといたずらっぽく指をなめて私にウインクする。

「じゃ、じゃあ……」

心臓がドキッと跳ね、急に体温が上昇する。

もしかしてこれは、私と伊吹さんの結婚を認めてくれたのだろうか。

「あなたの覚悟、よくわかったわ。じゃあ、私は次の用事があるから帰るわね」

「えっ、残りのおいりは……？」

弁天様は少しつまんだだけだし、小判菓子も手つかずで残っている。

「せっかくだからふたりで食べなさいな。あなたがお菓子に込めた思いを伊吹にもちゃんとわからせないとね」

そう言って羽衣《はごろも》をひるがえした弁天様は、おいりが口の中でしゅわっと溶けるように消えてしまった。

弁天様が座っていた場所にはキラキラした虹色の光だけが残っている。

「……帰っちゃいましたね」

「なんだったんだ？　最後の話は」

「さあ、なんでしょう。それより、せっかく弁天様があぁ言ってくれたんですし、食べませんか？　おいり」

「あ、ああ……」

伊吹さんに栗の形の小判菓子を渡す。さくっという小気味いい音が響いたあと、

「……うまいな。これも和菓子なのだな」と伊吹さんがつぶやいた。

「……茜。さっきお前は弁財天におおいりの意味を語っていたな」

緑茶を入れて残りのおいりを食べていると、伊吹さんは神妙に話を切り出した。

「はい」

「これを食べて、お前に求婚した日のことを思い出した。この甘い味には、お前の俺

への気持ちがこもっているのだな」

そう言ってひと粒ひと粒、丁寧に味わうように口に入れる。

「茜。お前が嫁でよかった」

伊吹さんが、座ったまま私を抱き寄せた。

「私も……、結婚したことを後悔していません」

伊吹さんの肩にもたれかかったままそう伝えると、「……そうか」と伊吹さんは微笑んでくれた。

その後の十二月は弁天様が再登場することもなく、ごく平和に日々が過ぎていった。

途中で満月を挟んだので、伊吹さんと二回目の添い寝もした。一回目ほどドキドキはしなくなった代わりに安心感が増して、お母さん鳥にくるまれた雛鳥《ひなどり》みたいな感覚で眠った。

伊吹さんの腕の中にいるときは、怖い出来事はなにも起こらない。そんな気さえした。

そして、暦はとうとうクリスマスイブに。違う神様の誕生日だから……と迷ったけれど、『こういうのは気持ちだよね』と私は大切な人たちにプレゼントを用意した。

伊吹さんには、着物の端切れで作ったマフラー。弁天様には、巾着袋。千草にはペンケース。

そしてもうひとり、私にはプレゼントを贈りたい相手がいた。

コートとマフラーで防寒した人たちの雑踏を抜けて、鴨川まで歩く。私の着物は冬バージョンになって、暖かい羽織も伊吹さんが注文してくれた。伊吹さんは季節ごとに着物を何着も作ろうとしてくれるのだけど、高価な着物を着慣れていない私は一着あれば充分だと断っている。

今度の柄は、茜色の地にピンクの椿《つばき》が散るかわいらしいものだ。羽織は、どんな着物でも合うように、落ち着いたピンクの無地。

どこで仕立ててもらっているかわからないけれど、帯や帯締めもセットで贈ってくれて、合わせ方のセンスがいい。呉服屋さんではなく伊吹さんの趣味なのだろうか。

クリスマスイブ当日とあって、この寒さにもかかわらず鴨川にはカップルが何組も肩を寄せ合って座っていた。恋するふたりには冬の寒さなんて関係ないのかもしれない。それとも、寒いほうがくっつけていいのかな？

今までこんな発想をしたことがなかったので、自分の考えに赤面する。クリスマスだからって浮かれているわけじゃないのに。

土手を下りた川べりにふわふわした毛並みを見つけると、私は上から声をかけた。

「つぶあん、久しぶり！」

「くりまんじゅう」

私に気づいたつぶあんは、わざわざ土手の上まで来てくれる。もちろん、ザルに入った小豆をしっかり抱えて。

「あのね。今日はなんの日かわかる？」

たずねると、耳をぴくぴく動かして得意げな顔をされる。

「くりすます、ってタンゴがいっぱいきこえてきた」

「うん、正解。じゃあ、クリスマスってどんな日か知ってる？」

「ケーキたべてサンタがくる。あと、カップルがさわがしい」

つぶあんらしい答えに頬がゆるむ。

「うん、大体合ってるかも。あとはね、大切な人に贈り物をする日なんだよ。だからつぶあんにも、これ」

着物の袂にしまっておいた小さな風呂敷包みを開いて渡す。

「……てぶくろ？　オイラに？」

ピンクの毛糸で作った、ミトンの形の手袋。

「うん。編み物あんまり慣れてないから、下手くそだけど」

「くりまんじゅうが、つくったのか？」

「うん。つぶあん、冬は小豆を洗っていると手が冷えちゃうでしょ。だからちょっとでもあっためられればいいなって」

つぶあんは、もともとくりくりな丸い目をさらに輝かせている。

「……ありがとう、くりまんじゅう」

「どういたしまして」

手袋には、ふたつをつなぐ紐《ひも》がついている。小豆を洗っているときは首にかけておけるのだ。

私は、つぶあんの首にピンクの紐をかけてあげた。うん、つぶあんの茶色いふわふわの外見にぴったり似合っている。

「おくりもの、イブキにもわたすのか？」

「う、うん。でもちょっと直接渡す勇気が出ないから、今日の夜、枕元に置いておこうと思って……」

「それだとイブキ、サンタからとまちがえないか？」

「だ、大丈夫じゃないかな。伊吹さんも大人だし……」

伊吹さんがサンタを信じていることはさすがにない……と思う。でも、現代の文化に疎いところがあるからわからない。

もし伊吹さんがサンタを信じていて、枕元に靴下を飾っていたらかわいいかも。そんな光景を想像して、ふふっと笑みをこぼした。

「今日は、客が少ないな」

閉店間近になってもお客様の入りが乏しく、伊吹さんが腕組みしてうなった。

「クリスマスイブですからね。きっと今日はみんな、ケーキを買っているんだと思います」

「そういうものなのか？　甘味が欲しいなら和菓子でもいいじゃないか」

「クリスマスっぽい和菓子だったらアリですね。来年作ってみましょうか」

サンタが入ったスノードームみたいな水ようかんとか、もみの木を模したきんとんとか。ケーキをワンホール買えないひとり暮らしの人や、ご年配の人だけの家庭に需要がありそう。

「来年か……」

伊吹さんが遠い目をしてつぶやく。

ついうっかり口にしてしまったけれど、来年のことなんてまだわからないじゃない。

まだ夫婦なのか、私たちが一緒にお店をやっているのかさえ。

「あっ、あの……！　言ってみただけなので、気にしな——」

焦って声を張り上げたそのとき、店舗入口の扉が勢いよく開いた。

「伊吹、栗まんじゅうちゃん。メリクリ〜！」

入ってきたのは、お久しぶりの弁天様。いつもの衣装に、頭だけサンタ帽をかぶっている。

「客が来てほしかったのに、さわがしいのが来た」

伊吹さんは、その浮かれた格好を見て顔をしかめている。

しかし、『メリクリ』って、弁天様には似合わない単語だ。

「あ、あの。いいんですか、ほかの神様のお祝いって……」

一応、気になっていたことをたずねてみたが、弁天様は「なに言ってるの」とあきれ顔だ。

「日本に何人神様がいると思っているの？　八百万よ。八百万！　外国の神様の誕生日を祝ったって問題ないわよ。それにこういうイベントって楽しいじゃない」

たぶん最後のセリフが弁天様の本音だろう。

「日本の神様がおおらかって本当だったんですね。そういえば私、保育園はお寺さんがやっているところに通っていたんですけど、ちゃんとクリスマス会はありました。そっちは仏教ですけど」

私が知っている神様は伊吹さんと弁天様だけだけれど、そのふたりだけでも神様界の雰囲気がなんとなくわかる気がした。

こそっと弁天様の手を引いて伊吹さんから見えない位置につれていく。

「でも、ちょうどよかったです。弁天様に渡すクリスマスプレゼントがあったので」

万が一今日会えたら渡そうと思ってカウンターに隠しておいた巾着袋を渡す。

これも着物の端切れを使ったものだ。口が花びらのようになっていて、バッグとして持ち歩けるデザインにした。

「あら、かわいい！　ありがとう。これはもしかして、栗まんじゅうちゃんのお手製？」

普段豪華な衣装に囲まれているであろう弁天様は、頬に手を当てて意外なほど喜んでくれた。

「はい。ささやかなものですが……」

「なに言ってるの。神様なんだから、手作りのものがいちばんうれしいに決まってるじゃない」

「……そうなんですか？」

そうそう、とうなずいた弁天様は、「それで」とたくらむような表情で私に耳打ちする。

「伊吹にはもうあげたの？　用意してあるんでしょ、贈り物」

「は、はい。でもまだ、渡してはいなくて……」

「そう。なら、ふたりっきりで、だれもいないときに渡すのよ。そのほうが絶対喜ぶから。できれば夜がいいわね」

「え、ええ……？」

恥ずかしいから直接渡すのは避けたかったのに。

絶対あとで、どうだったか聞かれそうだし、言う通りにするしかなさそうだ。しかし……。

私が手作りのものを伊吹さんにあげるのって、本物の夫婦だったら普通のことだけど、ちゃんと喜んでもらえるのだろうか。迷惑そうな顔をされたらどうしよう。今さらながら不安になってきた。

「おい。ふたりでなにをこそこそしているんだ」

伊吹さんがイライラした様子で声をかける。

「あ、すみません」

私は早足でカウンターに戻る。弁天様は大げさにため息をつきながらついてきた。

「まったくもう。あなたは女同士のおしゃべりも待てないの？」

「どうせろくな話じゃないんだろ？」

その言葉が気に入らなかったのか、弁天様は意地悪な笑みを浮かべると、あおるように告げた。

「へえー、そう。じゃあ、せっかくあなたたちに持ってきた〝いい話〟も聞かなくていいのね？」

伊吹さんがぴくりと眉を動かす。

「……いい話？」

「そう。今日はこれを伝えたくて来たのよ」

弁天様は「ふふん」と胸を張る。しかし、そこから飛び出したセリフは想像もしなかったものだった——。

「あなたたち、天神《てんじん》様主催のお茶会に和菓子を出してみない？」

第五話　鬼神の秘密と変わらぬ思い

伊吹さんには結局、寝る前にクリスマスプレゼントを渡した。弁天様にアドバイスされた通り、夜にふたりっきりのタイミングだ。

そのおかげかはわからないけれど、伊吹さんは『……俺に？　手作りの贈り物だと？』と信じられないようにプレゼントをまじまじと見つめていた。

そして、『……ありがとう。大事にする』と横を向きながらお礼してくれた。耳が赤くなっていたのは、寒かったからだろうか。

『贈り物ならお返しをしなくては』と言われたが、着物やヘアピンなどたくさんもらっているからそのお礼だと押し通した。

それから毎日、伊吹さんの首には私が作った端切れのマフラーが巻かれている。

年末年始はお店も休みだ。大晦日《おおみそか》からは伊吹さんとふたりで静かに年越しとお正月を過ごした。年越しそばを一緒に食べ、除夜の鐘を聞き、お正月にはささやかなおせち料理とお雑煮を食べた。ただそれだけのなんの変哲もないお正月だけど、伊吹さんと祝えたことがうれしかった。

もう、伊吹さんのいない生活は考えられなくなっている。私は伊吹さんへの気持ちの変化を自分でもだんだん認め始めていた。

違う部屋にいても物音が聞こえるとホッとすること。何気ない会話がうれしいこと。眠るときにひとりだと、あの包まれるような温かさを思い出してしまうこと。

初恋すらまだの私でも、これが特別な感情だということはわかる。

そして今私の頭を占領しているのは、伊吹さんのことともうひとつ、弁天様が語っていた天神様主催のお茶会のことだ。

天神様——菅原道真《すがわらのみちざね》はすごく有名な学業の神様だ。『北野天満宮《きたのてんまんぐう》』以外にも、天神様を祀っている天満宮は日本全国にある。

和菓子とも関わりのある神様で、福岡《ふくおか》の『太宰府天満宮《だざいふてんまんぐう》』では〝梅ケ枝餅《うめがえもち》〟という道真由来の和菓子が売られているし、道真が詠んだ歌になぞられて〝東風《こち》〟と名付けられた梅の形の和菓子もある。

平安きっての文化人だった道真は、神様になってからも文化的な交流を忘れず、毎年京都に神社を持つ神様を集めてお茶会を催しているそうだ。

〝お茶会〟といってもアフタヌーンティーではなく、茶道のお茶席だ。弁天様が言うには、お正月を過ぎたころに開催されているらしい。

私はクリスマスイブに弁天様と交わした会話を頭の中で回想した——。


「お正月過ぎですと、茶道の初釜ですね」

弁天様からお茶会の話を聞いた私がたずねる。

「そうよ。毎年入れ替わりで神様たちも何人か招待されてね。今回は私に招待の順番が回ってきたの。実はそこでは、お茶以外にも大事なイベントがあってね……」

弁天様は重大な秘密を打ち明けるように声をひそめると、たっぷり間をとって話し始めた。

天神様と、招待された神様がイチオシのお菓子をお茶会に持参して品評し合う、『天神モンドセレクション』のようなものがあるというのだ。

そこで認められるとお茶会に来ている神様たち全員から御利益が受けられ、その年はお店がとても繁盛するらしい。

そういえば、昔小倉さんに従業員のみんなで聞いたことがあった。

『どこで開催されているかも、だれが参加しているかもわからないお茶会があるそうだ。由緒ある茶道の家元が主催しているんじゃないかって噂されているが、参加者の素性を探るのはタブーとされている。正月過ぎに、大量の和菓子を北野天満宮まで届けてくれと注文を受ける店が毎年いくつかあって、必ずそのうちのひとつは店が繁盛する』

そんな、都市伝説のような話を。

私たちが信じずにいると、『何年か前、地味で目立たなかった和菓子屋が急に繁盛するようになっただろう。あれも、そのお茶会の恩恵なんじゃないかって言われている』と続けた。

『きっと茶道の家元からお茶会用の菓子の注文が定期的に入るようになり、栄えるっていうからくりなんじゃないか？　もし本当なら、うちにも注文がくればいいのにな』とも語っていた。

結果的に小倉さんの予想は当たっていたとも外れていたとも言える。お茶会をしていたのは茶道の家元ではなく、神様たちだったのだから。でもそれなら、ちまたで語られている噂の不思議な部分にすべて説明がつく。

「まさか、真実だったなんて……」

ぽろりと本音が口からこぼれる。

「私の推薦ってことで朱音堂のお菓子を持っていくつもりなんだけど。どうかしら？」

「おもしろい。俺たちの菓子が認められて繁盛すれば、この店も有名になる。そうしたら、なんらかの手段でお前の祖父の店も取り返せるかもしれないぞ」

弁天様と伊吹さんはノリノリで意気投合しているけれど、私にはまだ現実味がない。

「なんらかって、具体的には……？」

「そんなことは、勝ってから考えてもいいだろう」

伊吹さんはすでに勝負に勝つ気まんまんだ。

「ぜひ参加させてもらおう。茜、お前も異論はないな？」

「は、はい」

正直、神様のお茶会なんて想像ができなくて戸惑う気持ちのほうが大きい。けれど、伊吹さんがやる気を出しているのを見てハッとなった。

祖父の店を取り戻すには今までのやり方ではダメだ。新しい挑戦をしていかないと、和菓子くりはらと肩を並べることすらできないと。

「今回の茶会で認められれば、一歩前進する気がするぞ。ほかの神が持ってくる菓子よりもうまいものを作らねばならないな」

「そうですね。がんばって考えましょう！　天神モンドセレクション、金賞を目指して」

「天神、もんど……？　なんだそれは」

「あっ、な、なんでもないです」

――と、そんなこんなで、お正月休みのうちに作るものを決められるよう、伊吹さんとアイディアを出し合っていたのだが、まだ決定していない。もう三が日も終わりで、明日からは店も開店させるというのに。

夕飯の買い物から帰ると、店の前に人がいた。鍵のかかっている入口扉の前で、ガラス越しにじっと店内を見ている。

「あの……？」

声をかけると、その人物は振り向いた。

「お店、閉まってるんですね」

私に向かってそうたずねる男性は、伊吹さんとはまた違う意味で美形の男性だった。

サラサラした薄茶色の髪。甘い声と、柔和な笑顔。白いセーターにベージュのパンツ、アイボリーのコートという王子様のような出で立ち。

私とそんなに歳は変わらない気がするので、大学生くらいだろうか。美形好きの千草が騒ぎそうなタイプだな、と思う。

「はい、すみません。今日までお正月休みなんです」

「そっか、残念だな」

青年は、笑顔のままちょっとだけ表情を曇らせた。

「ここって、アルバイトは募集していないんですか？」

「アルバイトですか？　そうですね、今のところは……」

この青年がアルバイトを探しているのだろうか。若い男の子でも和菓子屋に興味があるんだな、とうれしくなった。

「そうですか、ありがとうございます。今度は開いているときに来ますね」

「あ、はい。お待ちしています」

去り際、すれ違ったときに私の肩に彼の腕が触れる。その瞬間、ぞわっと全身に鳥肌が立った。

「急に寒気……？　風邪かな」

自分の身体を抱くようにして両腕をさすってみるけれど、不快な感覚はしばらく消えなかった。

今日はちょっと夜更かしをして、アイディアノートに和菓子の絵を描きためることにする。

神様はどんなお菓子が好きなのだろう。長い時間を生きている神様が多いから、普通のものは食べ飽きているかもしれない。あっと驚くような、意表をつくお菓子を考えてみようか。

頭をフル回転させていたせいか、今夜は寝つきがいつもより悪かった。

＊　＊　＊

夢の中で、私は暗闇の中にいた。なにも見えず、聞こえてくるのは獣の鳴き声だけ。

鳥にも似ているその声を聞くと、皮膚がざわりと粟《あわ》だった。

この獣は、よくないものだ。

しかし、『早く逃げないと』と焦るのに足が動かない。足下も見えず、どちらに逃げたらいいのかもわからない。

獣の鳴き声はどんどん近くなって、ついにその姿を目の前に現した。夜だから暗いものだと思っていたけれどそうではなく、私の周りを黒煙が覆っていたのだと気づく。

荒い息で黒煙を吹き飛ばしたその獣は、胴体が虎のように大きく、しっぽの部分にはへビがはえていて、猿のような顔を怒りにゆがませた、おそろしい姿をしていた。

「ひっ……」

喉から悲鳴が漏れる。

血走った瞳からも、牙の間からポタポタと落ちるよだれからも、私への殺意が感じられる。尾の部分のへビまで、こちらに向けて鎌首をもたげている。

獣はとうとう、鋭い爪のはえた足で私に飛びかかった。

まずい、殺される。嫌だ、こんなところで死ぬなんて。

痛みと死を覚悟したその瞬間、私は彼の顔を思い出す――。

＊　＊　＊

「たすけて、伊吹さん……っ」

悲鳴をあげながらがばりと起き上がると、布団の中だった。

「あ……あれ？」

「どうした、茜！」

私の声を聞きつけて、伊吹さんが襖を開けて入ってくる。

「茜。なにがあったんだ」

布団の脇に片膝を立てて、私の手を握ってくれる伊吹さん。目が合い、その真剣な表情にドキッとするけれど、今はそれどころではない。

「す、すみません……」

私は申し訳ない気持ちになりながら口を開く。

「なにか怖い夢を見たと思うんですけど、内容を忘れてしまいました……」

そう、悲鳴をあげたにもかかわらず、飛び起きた瞬間には夢の内容を忘れていたのだ。

「夢？　……なんだ、そうか。よかった」

伊吹さんがホッと息をつく。

「動物かなにかが出てきた気がするんですけど……」

「いや、無理に思い出さなくてもいい。怖かったのだろう？」

　あきれられると思っていたのに、伊吹さんは握ったままの私の手を両手で包み込むようにして温めてくれた。

　窓の外はまだ暗く、枕元の目覚まし時計を確認すると、起きるにはまだ少し早い時間だった。寝ているはずの時間なのに伊吹さんは私の悲鳴に気づいて、あわてて来てくれたんだ。

「すみません、起こしてしまって……」

「いや、かまわない。どうせ今日は早く起きて和菓子の案を練るつもりだったしな」

「あ、じゃあ一緒に考えませんか。今から朝食を作るので」

「そうか。なら、お願いする」

　お詫《わ》びに、いつもよりちょっと豪勢な朝食にしようと考えて立ち上がる。

　伊吹さんが部屋から出ていったあと、パジャマから部屋着に着替える。祖父の店で働いていたときはパジャマを脱いだらすぐ簡易着物に着替えていたけれど、今は家事が終わったあとに着付けをしている。汚すのが心配だし、高価そうな着物を着てフライパンをふるう勇気はない。

「今日の卵焼きは甘くしようかな」

　私はネギ入りのしょっぱい卵焼きもだし巻き卵も好きだけど、伊吹さんは甘くて黄色い卵焼きが好きだ。

できあがった卵焼きの端っこを切り落としたものを口に運んで味見する。

「……あれ？」

しかし、それは甘くなかった。

「もしかして、砂糖入れ忘れた？」

ちゃんと卵を溶くときに入れた気がしたのだが、勘違いかもしれない。伊吹さんに謝らないと。

「すみません、伊吹さん。甘い卵焼きを作ろうと思ったんですが、砂糖を入れ忘れたみたいです」

甘くない卵焼きと焼きウインナー、豆腐とわかめのお味噌汁、鮭フレークとレタスのおにぎらずをちゃぶ台に運ぶ。

「そうか。たしかに俺は甘い卵焼きが好きだが、甘くないお前の料理も好きだから気にしなくてよい」

「そ、そうですか……」

まっすぐな言葉で返されて、少しだけ顔が熱くなる。

もともとストレートな物言いをする人だったけれど、最近は特に伊吹さんの遠慮がなくなっている気がする。私が意識しすぎているせいだろうか。

「じゃあ、いただきます」

ふたりで手を合わせて、いつもより少し早めの朝食を囲む。まっさきに卵焼きに手を伸ばした伊吹さんだが、「ん？」と声を漏らしたあと目を細める。

「伊吹さん、どうかしましたか？」

もしかして卵焼きがおいしくなかった？　砂糖も塩も入れていないから、味が薄くて物足りないのかも。大根おろしと醤油《しょうゆ》を用意すればよかった。

「茜。お前はこれを味見して、砂糖を入れ忘れたと言ったんだな？」

「はい、そうですけど……」

眉間にきゅっとシワを寄せる伊吹さん。箸を持ったまま卵焼きを凝視している。

「あの……。やっぱり味、薄かったでしょうか」

「違う、逆だ。ちゃんと甘いぞ、この卵焼き」

「え？」

伊吹さんの硬い声を聞いて、私の頭が一瞬固まる。

甘いって、どういうこと？　ちゃんとさっき味見したはずなのに。

もしかして砂糖がうまく混ざってなくて、甘いところと甘くないところができているとか？

そう思って私も自分のお皿にある卵焼きをひとつ、つまんでみる。でも舌の上には、そっけない卵の味が広がるだけだった。

「……やっぱり、甘く、ないです」

私が首をかしげて困惑している間に、伊吹さんの表情にはますます力が入っていた。

そして、決心したように私に向かって手を伸ばす。

「ちょっと、そっちの卵焼きをよこせ」

「え？……あ、はい」

なにがなんだかわからぬまま、おかずがのった自分のお皿を伊吹さんに渡す。

それを受け取った伊吹さんは、黙ったまま私のお皿の上の卵焼きを口に入れる。

「あの、伊吹さ――」

私の問いかけを待たぬまま、伊吹さんは勢いよく立ち上がる。台所に向かい、しばらく物音をさせたあと、両手を前に出しグーの形に握ったまま戻ってきた。

「茜。これをなめてみろ」

私の前で手のひらを開く伊吹さん。右手と左手にはどっちも白い粉がのせられていた。

私はうなずき指先を湿らせたあと白い粉を取り、ぺろりとなめた。

「……しょっぱいです」

ざらっとした食感と、混じりけのないしょっぱさ。伊吹さんの右手にあるこれは塩だろう。

「じゃあ、こっちは?」

左手を差し出され、そちらにある白い粉も同じようにしてなめる。しかし指にはなにもついていなかったのかと思うくらい、なんの味もしない。念のためきちんと確認してからもう一度なめてみたけれど、同じだった。

「……なにも、味がしないです」

つぶやくと、伊吹さんの表情がくしゃりとゆがんだ。まるで悲しいのをこらえているみたいに下がった眉毛と口角。

「あの。もしかしてこれって」

嫌な予感がしてたずねると、およそ予想した通りの答えが伊吹さんから返ってきた。

「……砂糖だ。甘さを感じないのはおかしい」

ああ、やっぱりという思いと、どこか現実感のないふわふわした感覚が自分をおそう。夢の中で第三者になって自分自身を俯瞰《ふかん》しているような感覚。

「私……。甘さだけを感じていないんですね」

「……ああ。そのようだな」

苦しげにうなずいた伊吹さんの表情からも、これが一大事だということはわかる。

だが、『じゃあ、今和菓子を食べたらどうなるのだろう。小豆の味だけするのだろうか』なんて的外れなことを考えていた。

「茜」

伊吹さんが私の肩に手をのせる。なんと言葉をかけたらいいか、迷っている様子だった。

「私……和菓子の食べすぎで味覚がおかしくなってしまったのでしょうか。それとも、なにかの病気？」

味覚障害という病気は知っているけれど、甘さだけ感じなくなるなんてことがあるのだろうか。それより、この症状が治らなかったとしたら私はもう、和菓子を——。

背筋がぞっとしたところで、伊吹さんに肩を揺さぶられる。

「大丈夫だ。甘さ以外の味は感じているのだろう？　首から上に大きな病気がある気配も感じない。だから、心配するな」

「は、はい」

そういえば伊吹さんは、首から上の病気には妙に御利益がある神様だった。味覚中枢がおかしくなるといったら脳が原因だろうから、首から上にはなにもないと言われてホッとする。病気ではないなら一時的なものかもしれない。

「でも一応、医者にはかかったほうがいいだろうな」

「はい。じゃあ、午前中に行ってきますね。お店のことは……」

「大丈夫だ、任せておけ。あんは昨日作ったものがあるから、俺ひとりでも仕込みはできるだろう」

「すみません。こんな大事なときに迷惑をかけて」

肩をすぼめながら詫びると、伊吹さんは首を横に振った。

「気にするな。人間はちょっとしたことで体調を崩すからな。俺はそれを忘れて、お前に無理をさせすぎたのかもしれん」

「いえ、ここのところちょっと夜更かししていたので、私の体調管理が甘かったんです」

疲れが原因だとしたら、自分の不手際だ。はりきりすぎて体調を崩したら元も子もないのに、やる気に身を任せすぎていた。

頭の中で反省していると、伊吹さんがぼそっとつぶやく。

「もしかしたら今朝の悪夢が……」

「え？　なんですか？」

「いや……、なんでもない。気にするな」

その後は、いつも通りにふたりで朝食をとった。甘みを感じなくても、ほかのメニューはしょっぱい味付けだから問題なかった。このときまでは、自分の症状を楽観視していたのだ。

深刻に考え始めたのは、病院から帰ってきてから。

「茜。医者はなんと言っていた?」

診察に午前中いっぱいかかりお昼過ぎにお店へ戻ると、伊吹さんが駆け寄ってきた。

「それが……。いくつか検査もしたのですが、異常はなくて。ストレスが原因の心因性じゃないかって言われました」

『解離性味覚障害』といって、甘味とか酸味とか特定の味だけわからなくなるパターンもあるらしい。

「それなら、休めば治るのだな?」

「心因性であればストレスがなくなるとよくなるらしいのですが……ストレスの心当たりがないんです」

ストレスが原因なら、祖父が亡くなった直後のほうがずっとあった。今は新たな生活にもなじんで落ち着いているので、どうして今?という気持ちになる。

「茶会のことがプレッシャーになっていたのではないか?」

「いいえ、むしろやる気いっぱいでしたし、和菓子を考えるのも楽しかったんですけど……」

「気がゆるんだ拍子に、ということもあるだろう。今は深く考えず休んだほうがいい。治るまで店は閉めよう」

伊吹さんは私をひとことも責めず気遣ってくれるが、このままではまずいと自分でもわかっていた。

「でも、もしお茶会までに治らなかったら、お菓子が作れなくなります……」

あんの味はまだ私がチェックしているから、伊吹さんひとりでは和菓子を完成させられないのだ。今残っているあんもお茶会までには悪くなってしまう。

「それに、お茶会に出す和菓子だって練習ができません。これから新作を考えなければいけないのに……」

「大丈夫だ。そのときは俺ひとりで作る。俺だって、お前の祖父の味は知っている」

伊吹さんが小さい子にするみたいに頭をぽんぽんとなでてくれる。大きな手の感触にホッとして気持ちがゆるみ、涙ぐみそうになった。

祖父の味を知っているというのは、私が祖父から受け継いだ和菓子を食べてきたから、という意味だろうか。

「それに、案外一日で治るかもしれないぞ。神の御利益があるからな」

「そういえばそうですね」

鬼まんじゅうで数々の病気を払ってきた伊吹さんの言葉だから説得力があった。

「そう考えるとホッとしてきました。……病院で疲れたので、今日はこのまま休んでもいいですか？」

「ああ。作った和菓子は午前中でほぼ売れてしまったから、午後は店を閉めてお前のそばにいよう」

そこまで過保護にならなくてもと思ったが、こういう状況で伊吹さんがそばにいてくれるのは心強い。それに、神様がそばにいたほうが早く治るかもしれないし。

「ありがとうございます、伊吹さん」

そう言って笑顔を作る。このときはまだ、そんなふうに気楽に考えていた。

だけど、伊吹さんの予想は外れることになる。お茶会の前日になっても、私の味覚は戻らないままだった。

……眠れない。

枕元の目覚まし時計をちらりと見ると、横になってからもう一時間がたっている。

じっとしていても、寝返りを何回も打ってみても、考えるのは明日のお茶会のことばかり。自分のせいで失敗する不安がどうしてもぬぐえない。

伊吹さんはもう、寝ているだろうか。

考えながらふと窓を見て、カーテンから差し込む月の光がいつもより明るいことにようやく気づく。

「えっ……。もしかして今日って」

がばっと起き上がり、窓に駆け寄ってカーテンを開ける。そこには、煌々と輝くまんまるのお月様があった。

「満月、だったんだ……」

自分の心配ばかりして、今日が満月だということにも気づかなかった。伊吹さんがいつも通りの態度だったのは、おそらく私に気づかせないよう無理をしていたんだ。

茶の間に続く襖を開けると、伊吹さんはまだ起きていた。

「茜、どうした。眠れないのか？」

こちらを振り向いた表情も、口調も、優しい。でも私は、ちゃぶ台の上にたくさんの和菓子が用意されていることに気づいてしまった。

「──伊吹さん」

「明日のことは心配するな、茜。大丈夫だ」

「そうじゃなくて。今日、満月ですよね？　どうして黙ってたんですか？」

焦った口調で問い詰めると、伊吹さんは気まずそうに目を逸らした。

「お前が大変なときに気を遣わせたくなかった。和菓子も用意したから、今日はひとりでもなんとかなる。俺のことが気になって眠れないようだったら、ひと晩どこかに消えていよう」

そんなふうに言わせてしまう自分に腹がたって、涙がにじんできた。

「茜?」

「一緒に寝てくれませんか。嫌なことばかり考えてしまって、ひとりだと眠れないんです」

伊吹さんが、目を見開く。

彼に気を遣って、そう言ったわけではなかった。今夜は本当に、添い寝を必要としているのは私のほうだった。

「わかった。今日は一緒に寝よう」

立ち上がった伊吹さんは、私の手を取って寝室に誘導した。彼の背中を見ながらこっそり涙をぬぐったのは、バレていなかっただろうか。

しかし、そんなしんみりした空気は布団に入って一瞬で消えた。

「い、伊吹さん……?　この体勢はどういう」

いつもだったら私を後ろから抱きしめる伊吹さんが、横向きになって私の肩を抱くように腕枕しているのだ。私は天井を向いているが、顔の距離が近すぎる。

「茜がちゃんと寝つくか心配だからな。俺が見守っているから安心しろ」

空いているほうの手で、掛け布団の上からぽんぽんと私の胸を叩く。

安心しろと言われても、こんな間近で観察されるのは抱き枕にされるより恥ずかしい。顔もどんどん熱くなり、眠るどころではなさそうだ。

「あ、あの、見られているのが気になって余計に寝つけません……」

掛け布団で口元を隠しながらなんとかそうつぶやく。

すると、伊吹さんは「そうか。なら、こうしよう」と告げると同時に、私の肩を引き寄せた。くるりと横向きにされた身体は、伊吹さんとぴったり密着する。

「これなら視線は気にならないだろう。安心して眠るといい」

正面から抱きしめられた格好のまま、髪の毛をなでられる。

「えっ……。なっ……」

なんでこうなるの、というセリフは言葉にならなかった。

頬が、鼻先が、伊吹さんの広い胸に触れている。着物に焚きしめた香の匂いに混じって、伊吹さんの匂いがする。

身じろぎするとさらに身体が密着しそうで、硬直したまま動けない。

「動悸が激しいな。……明日のことが不安なのか？」

髪をなでる手が止まり、ささやくような低い声が降ってくる。

もちろん明日のことは気がかりだけど、今心臓が暴れているのは伊吹さんのせいだ。

黙っていると、伊吹さんの手で前髪を上げられた。

「わかった。よく眠れるようにまじないをかけてやろう」

そして吐息が近づいたかと思うと、おでこにやわらかくて温かいものがちゅっと触れた。

今のって、もしかして、キス――？

考えるよりも先に手足がふっと軽くなり、頭にぼんやりとしたもやがかかる。このまま眠りに落ちてしまいそうだ。

「大丈夫だ、茜。明日俺たちは絶対に勝つ」

完全に意識を手放す前に、力強い伊吹さんの言葉が聞こえてくる。

この夜は、伊吹さんの温かさに包まれて、夢も見ずにぐっすり眠った。


次の日、天神様のお茶会当日。松の内も終わってお正月気分も消えたこの日は、朝からいい天気だった。

ここ数日、お店が閉まっているのにもかかわらず、伊吹さんは日中ずっと厨房にこもっていた。お茶会に出す和菓子の試作をしているのだと言っていたけれど、どんなものを作るのかは教えてくれなかった。

それは、こうして北野天満宮に向かっている今も同じで……。

「あの、伊吹さん。そろそろ教えてくれませんか、どんな和菓子を作ったのか」

最寄りのバス停で降りて、歩いている道すがら声をかける。

伊吹さんが持っている風呂敷包みには、今日の朝から伊吹さんがひとりで完成させた和菓子が入っている。

私はあんこ炊きすら手伝っていない。というか、伊吹さんが厨房に入らせてくれなかった。甘さがわからないのだからできることなんてほとんどないのだけど、それでもなにかしたかったのだ。

「勝負に勝ったらな」

このやりとりも、今日までに何回も繰り返している。だったらそろそろあきらめて黙ったほうがいいとは思うのだが、不安でいてもたってもいられなかった。

少しでも安心したくてたずねているのに、伊吹さんの返事は毎回そっけない。そもそも、どうしてここまで秘密にしているのか、その理由もちっともわからない。

北野天満宮の広い敷地が見えてくる。弁天様とは、一の鳥居をくぐった先の楼門で待ち合わせている。そこで作った和菓子を手渡す予定だ。

一の鳥居から楼門までの参道は、ゆったりしていて木漏れ日が心地よい。伊吹さんと並んで歩いていると、自分の味覚のことを一瞬だけ忘れられた。

「あ、御神牛《ごしんぎゅう》。ここだけ狛犬《こまいぬ》じゃなくて牛さんなんですよね」

寝っ転がった体勢の、のほほんとした石像の牛をなでる。

「かわいい……」

目を細めてつぶやくと、伊吹さんからツッコミが飛んできた。

「かわいいのか？　牛だぞ？」

「え？　牛だからかわいいんじゃないですか」

「……やっぱりお前は変わっている」

何回も言われているこのセリフも、以前より優しさが込められていると感じるのは気のせいだろうか。

歴史を感じさせる楼門が見えてくると、こちらに向かって手を振る弁天様ともうひとり人影があった。和菓子くりはらの制服を着たその人は意外な人物だった。

「小倉さん……」

「なんであいつがここに？　まさか、あいつも茶会に菓子を出すんじゃないだろうな」

弁天様が見えていない様子の小倉さんは、門のすぐ下から私たちに近寄ってくる。

「こんなところで会うなんて奇遇ですね」

好戦的な小倉さんの口調と表情。伊吹さんは険しい顔で小倉さんをにらみつけていた。

「こっちは会いたくなんてなかったがな」

「俺は用事があって……。ああ、お嬢さんは知ったはりますよね。都市伝説のようなお茶会の話を。今年はそこで供されるお菓子に私の店が選ばれたんですよ」

私の店、というのを強調して小倉さんは続ける。

「ここに来るということは、そちらもですか？」

「ああ。まさかお前の店が選ばれるなんて思ってもいなかったがな。だが、勝つのは俺たちだ」

嫌みにのるかたちで伊吹さんが返したが、小倉さんは口元に嘲笑を浮かべた。

「それはどうでしょう。納得できるお菓子が作れない状態で勝つのは無理だと思いますよ」

「……どういう意味だ？」

「いえ。お嬢さんの体調は万全なんか、心配しているだけです」

「お前、まさか」

ハッとなった伊吹さんが、私に風呂敷包みを渡して小倉さんの胸ぐらをつかむ。ぐ、と小倉さんが苦しげな声を漏らした。

「い、伊吹さん。大丈夫ですから」

あわてて伊吹さんの袖にすがって止めると、「くそっ」とつぶやいて乱暴に小倉さんを離した。

地面に膝をついた小倉さんは咳《せ》き込みながら、憎しみのこもった表情でこちらを見ている。

「小倉さんが私の味覚になにかできるはずありませんから。ただの軽口ですよ」

そうなだめたけれど、実は私も含みのあるセリフが気にかかっている。

「……そうだな」

頭をガシガシとかいたあと、伊吹さんははーっと息をつく。そして、小倉さんに背を向けたまま告げる。

「荷物がないってことは、もう使いの者に菓子は渡したんだろ。俺の気が変わらないうちに早く去れ」

チッと舌打ちして、小倉さんは小走りで去っていった。

「弁財天、もういいぞ」

少し離れたところでハラハラと私たちを見守っていた弁天様が、泣きそうな顔で私に抱きついてきた。

「ああ、栗まんじゅうちゃん、無事でよかった。急に男ふたりが殺気立ち始めて、怖かったでしょう」

「え、ええ、まあ……」

怖かったというより、伊吹さんを止めるので必死だったのだけど。

「女の子の前でケンカするのはやめなさいよ、伊吹！」

「向こうが売ってきたのだから仕方ないだろう」

〝ケンカっ早い弟を叱る姉〟という体《てい》の弁天様と、悪びれず、でも少し面倒そうな様子の伊吹さんが本当の姉弟みたいで微笑ましい。

「それはともかく。伊吹はさっきの人間と知り合いなの？」

「茜の祖父の店を乗っ取った張本人だ」

「え……。あの人間が？」

軽く目を見開いて驚いたあと、弁天様は「私もさっき聞いたばかりなんだけど」と落ち着いた表情で私たちに向き合った。

「今回用意されるお菓子は二種類らしいわ。つまり、あなたたちのものと、さっきの人間のもののふたつね」

「ふたつ、だけ……」

つまり、小倉さんか私たちか、どちらか一方がモンドセレクション認定されて、もう片方は落選するということだ。

たくさんのライバルがいるのも不安だが、小倉さんとの一対一の勝負だと思うと『この人だけには負けたくない』という火が心にともる。私にはなにもできないけれど、伊吹さんの作ったお菓子を信じてる。

「……なるほど一騎打ちか。上等だ」

伊吹さんも同じようで、自分の手のひらを拳で殴るようにして手を合わせている。

「伊吹。あなたもお茶会に参加しなさい。結果をじっと待っているよりはいいでしょう？」

「でも俺は、茶会に招待なんてされてないぞ」

「私の連れってことで天神様に話を通してあげる。そして栗まんじゅうちゃんも」

話を振られ、えっと目を丸くする。

「でも私は人間ですよ。神様のお茶会になんて……」

店はまだ閉めてあるし、たまたま着物を着てきたけれど、こんな事態を想定していたわけではない。

「伊吹の妻になったことで半分神の世界に足を突っ込んでいるって話を前にしたわよね。難しい判断だけど……今のあなただったら、おそらく参加資格があると思うわ」

「勝手に決めて大丈夫なのか？　あとで面倒なことになったりしないだろうな」

「大丈夫。天神様だったら、ふたりを歓迎してくれるわよ。……あの人なら、ね」

本当に大丈夫なのだろうか。

弁天様に先導されるまま、私と伊吹さんはお茶会の会場に向かう。一の鳥居から楼門までの道を戻り、脇にある梅苑《ばいえん》に入る。北野天満宮の敷地内というのは先ほど聞いたのだが、どうしてわざわざここを通るのだろう。

「おい。本当にこっちでいいのか？」

怪訝な顔で伊吹さんがたずねる。

「道は合ってるから心配しないで」

梅のシーズンには多くの観光客で賑わう梅苑だが、今はまだ梅の木が裸で寒々しい。

しばらく歩くと、モノトーンの景色の中に赤と桃色がぱっと飛び込んできた。

「お茶会って、野点《のだて》……？」

野点というのは、屋外で行うお茶会のことだ。梅苑の中に敷かれた赤色の布——毛《もう》氈《せん》と、立てかけられた和傘がそれを示している。

そして驚いたのは、その周辺の梅だけ満開だったこと。

「梅の開花って、まだ先じゃあ」

思わずこぼすと、弁天様が「天神様だからねえ」とおもしろがるように答えた。

毛氈の上には、十人ほどの和装の人がいた。全員、神様なのだろう。

この寒いのに屋外でやるなんて珍しい。そういえば神様は寒さを感じないんだっけ、と考えているうちに梅の咲いているエリアに入る。途端に寒さがふっと消えて春風の心地よさを感じる。

びっくりして今度は伊吹さんを見上げるが、またしても「……天神だからな」という返事。こんなすごいことを『天神様だから』ですまされてしまう神様って、いったい……。

「よかった。まだ始まってないみたいね。話を通してくるから待ってて」

私たちが野点から少し離れたところで待っていると、弁天様は場の中心にいる上品そうな老紳士に声をかけた。

平安時代のような装束を着てグレーの髪を烏帽子《えぼし》にまとめている、あの人がきっと——。

「あれが天神だ」

私の疑問に答えるように伊吹さんがつぶやく。

「伊吹ー、栗まんじゅうちゃん！　こっちへいらっしゃい」

天神様となにかしらを話していた弁天様がこちらを向き、手を振っている。私は緊張しながらふたりの元に向かった。

お茶会に招かれた神様たちも『何事か』とこちらを見ている。

「君たちかね。茶会に急遽《きゅうきょ》参加したいという鬼神と、その妻とは」

柔和に目を細め、おだやかなトーンで話す天神様は、優しそうなおじいちゃんという印象だった。だけど隣にいる伊吹さんが硬くなっているから、きっと見たまんまではないのだろう。

「は、はい」

天神様の顔を見て思い出す。そういえば高校受験のときは、千草と一緒に北野天満宮にお参りに行ってお守りを買ったんだっけ。そのおかげかどうかはわからないけれど、ふたり一緒の高校に合格できた。

「あのときはありがとうございました」

そのエピソードを話して頭を下げると、天神様は「ほっほっほ。おもしろい子だのう」と扇子で口元を隠して笑っていた。

「参加してくれてかまわんよ。菓子も茶も多めに用意してあるからね。私たちは君たちのようにおもしろい人物が大好きなんだ」

「その〝おもしろい人物〟って、まさか俺も入るのか？」

不満そうに伊吹さんが問いかける。私をおもしろカテゴリに入れることはなんとも思っていない様子だ。

「無論。鬼から神になったなんて、日本では君くらいのものだよ。私も人間から神になったクチだからねえ。生まれついての神ばかりの神様界では、私と君はちょっとしたお仲間ってところかな」

鬼から神になった、と天神様は言った。私はずっと伊吹さんは最初から鬼神だと思っていたのだが、違ったんだ。

満月の夜の、白い髪の毛で爪も牙もとがらせた、あのおそろしい姿を思い出す。あれがきっと伊吹さんの鬼の姿——。

「みんなにもふたりを紹介しよう。さ、座りなさい」

赤い毛氈の上に座っていた神様たちがスペースを空けてくれたので、三人でおじゃまする。

私と伊吹さんを含め、そこにいる神様たちの紹介を軽く天神様がしてくれる。ややこしくて長い名前が多くて覚えにくいけれど、みんな雅やかなおっとりした空気の神様だったので私の緊張も徐々にとけてきた。

「今年の茶菓子は、金山毘古命《かなやまひこのみこと》の推薦した店と、弁財天の推薦した店だね」

「それなのですが、天神様。実は私の推薦した店のお菓子は、ここにいる伊吹と茜が作ったものなのです」

弁天様が伝えると、天神様は「うんうん」とすでに承知しているようにうなずいた。

「鬼神が和菓子店を始めたという話は耳に入っていたよ。一度食べてみたいと思っていたのだが、まさか本人まで来てくれるとはねえ。さあ、おしゃべりはこのくらいにして、まずはお茶を点てようか」

そして、流れるような動作で天神様がひしゃくを取り、お茶会が始まる。

「私が人間だったときにはまだ茶の湯の文化はなかったが、これは実にいいものだねえ。特に梅の花に囲まれての野点が私は大好きなのだよ。ここの梅の木にはいつもわがままを聞いてもらってね、開花時期じゃなくても少しの間だけ咲いてもらっているんだ」

正客の神様に薄茶を出しながら、天神様がそう語る。

菅原道真公は平安時代の人で、茶の湯は豊臣秀吉《とよとみひでよし》が千利休《せんのりきゅう》と広めた文化だ。天神様は、神様になってから茶道を始めたことになる。生前の、いろんな芸事に通じている文化人という一面は神様になってからも変わっていないみたいだ。

「では、菓子を配ろう。作った本人がここにいるから忖度《そんたく》が働かぬように、どちらの店がどちらの菓子を作ったのか明かさず進めよう」

「……えっ」

それでは私も伊吹さんが作ったお菓子がわからない、と思わず声が出てしまう。

「なにか問題かね？」

「い、いえ。大丈夫です」

隣でハラハラしながら私を見ていた弁天様に、「もう」と怒った顔をされる。伊吹さんは小さくため息をついていた。

大丈夫。甘さがわからなくても伊吹さんが作ったお菓子がどちらなのか、私にはわかるはず。いつもいちばん近くで伊吹さんがお菓子を作るところを見てきたのだから。

黒塗りのお盆にのったお菓子が私の前にも回ってきた。

ひとつは、梅の形の練り切り。もうひとつは、〝花びら餅〟というお正月に食べるお菓子だ。白い求肥《ぎゅうひ》の真ん中にピンクの求肥を置き、白味噌のあんと甘く煮たごぼうを八つ橋のように包んである。

梅も新春のおめでたいモチーフだし、どちらも初釜という場にはふさわしい。

花びら餅のほうは一つひとつピンク色の求肥の濃さが違っていて、並べるとグラデーションになるように美しく細工されている。梅のほうは、ぷっくりとした素朴な見た目だ。

この梅の形、なんだか見覚えがある気がするけれど、どこで見たのか思い出せない。

「茜さん。体調でも悪いのかね？」

みながお菓子を食べ始める中、懐紙にのせたまま口をつけない私を天神様が心配してくれた。

「いえ、違うんです。実は先日から甘みだけを感じなくなっていて……。今食べても味がわからないので、持って帰ってもいいでしょうか」

「甘みだけを……？」

ふむ、と考え込んでいた天神様が私に手招きをする。席を立っていいのか迷ったが、弁天様に目で『行け！』とうながされたので天神様の斜め後ろに正座した。

私の全身を目をこらして観察していた天神様が険しい顔でつぶやく。

「これは……呪いがかかっているね」

ざわ、とほかの神様たちの動揺が伝わる。

「呪いだと!?」

声をあげた伊吹さんが着物の裾をさばいて立ち上がろうとし、弁天様に引きとめられていた。

病気ではなく呪いだとなると、小倉さんからの妨害ということがいよいよ現実味をおびてきた。

「甘みだけ感じなくなる呪いだ。巧妙に隠されているから、普通の神だと見逃してしまうであろう。実際、君の夫も気づかなかったようだしのう」

再び振り返って伊吹さんを見ると、唇を噛んで悔しそうな顔をしていた。

伊吹さんも弁天様も、ここにいる神様のだれもが気づかなかった、呪い。天神様が気づいたのは学問の神様だからか、呪いに詳しいからなのか、それとも、すごい神様だからなのか。なんだか全部のような気がする。

「和菓子職人なのに甘さを感じないのはつらかったであろう。どれ、払ってあげよう」

天神様が扇子をぱちんと開き、私の肩の辺りをさっさっと掃くようになでる。すると、一瞬だけ身体が軽くなったような気がした。

「これでもう大丈夫であろう。さ、席に戻りなさい」

「あ、ありがとうございます。天神様」

「礼はいらぬよ。どうやらこの呪いは人がかけたものではないようだ。君を助けるのは神として当然のこと」

人がかけた呪いではない？　だったら、小倉さんのあの意味深なセリフはどう説明するのだろう。小倉さんが呪いをかけた張本人ではないにしても、なにかしら関わっている気がするんだけど……。

謎が残っているのはモヤモヤするけれど、とりあえずは味覚が戻ったことを天神様に感謝しよう。

私が伊吹さんと弁天様の間の席に戻ると、座ったままの体勢で伊吹さんにぐいっと引き寄せられた。

「い、伊吹さん？」

みんなの注目を浴びるのが恥ずかしくて小声でたずねると、伊吹さんは耳元に口を近づけた。

「……気づかなくてすまない。俺の責任だ」

首を横に振ったけど、伊吹さんは離してくれない。こちらに気づいた天神様が「ほっほっほ。新婚さんはいいねえ」といたずらっぽく笑う。

そんなことをしている間にもほかの神様はお菓子を食べ終わり、批評を始めている。

「見た目だけで言うなら、この花びら餅のほうが美しいわね」

「中身もだろう。普通の花びら餅とは風味が違ったぞ」

私もおそるおそる花びら餅を口に運んでみる。

「……甘い」

視界がじわっとにじんだ。ちゃんと甘さを感じられることがこんなに幸せだなんて、呪いにかかるまで知らなかった。

花びら餅に詰まっているのは普通の味噌あんではなく、柑橘《かんきつ》の風味がした。おそらく柚子《ゆず》だろう。それによって花びら餅が洗練された味になっている。

花びら餅を褒め称える声の多い中、弁天様が反対意見をあげた。

「でも私は、こっちの練り切りのほうが好きだわ。なんだか落ち着くっていうか、昔から知ってる味って感じ」

私も梅の練り切りを食べてみる。すると、この形を見たときに感じた懐かしさが口の中に広がった。

私も、この味を知っている。ずっと昔、子どものころに食べた、おじいちゃんの――。

隣で黙々と和菓子を口に運んでいる伊吹さんを見やると、「お前の祖父の味は知っていると言っただろう」と小声でささやかれた。

ああ、やっぱりこっちが伊吹さんが作ったお菓子なんだ。

この梅は、昔祖父がよく作っていた練り切りの形だ。まだ私が小学生のころだから十年くらい前だろうか。梅の練り切りは何度か改良を重ねていて、最近の和菓子くりはらではこの形ではなくなってしまったけれど。

でもどうして伊吹さんがこの味を知っているのだろう。職人の手元を見ていただけで和菓子を口にしたことはほとんどないと言っていたのに。

「その意見も一理ありますわね。天神様はどう思いますか」

今のところどちらのお菓子も五分五分らしく、ほかの神様がたずねる。

「そうだね……。この花びら餅はたしかに美しいが、技巧を見せつけようとする傲慢さを感じるね。色を変えたり柚子を入れて意表をつくより、昔のままの花びら餅が私は食べたかった」

天神様の言葉にハッとする。私も、神様に出すのだから普通のお菓子ではダメ、みんなが感心するような意外なものじゃないと、と考えていた。

「対してこちらの梅の菓子は素朴でなんの変哲もないように思えるが、食べる人に対する優しい気遣いが見える。こう長く神をやっていると、ずっと変わらない味にホッとするものだよ」

その言葉に、ほかの神様も「たしかにそうだ」とうなずいていた。

そうか、逆だったんだ。時代や、お菓子の味がどんどん変わっていくのを見てきた神様たちだから、変わらないものに癒やされるんだ。天神様が今でも平安装束を着ているのもきっと、そういう理由に違いない。

私は鬼神様の妻でありながら、神様のことがまったくわかっていなかったみたいだ。

落ち込んでいる間にも天神様の講評は続く。

「そして梅の花の形にしたのは、私が生前詠んだ歌になぞってくれたのかな。この菓子を作った職人にも、昔の私のように苦労した過去があったんだろうね」

もうどちらが伊吹さんの作ったお菓子なのかわかっているのだろう。ちらりと伊吹さんに目線をやりながら天神様は微笑む。

『東風《こち》吹かば　匂ひおこせよ梅の花　あるじなしとて春を忘るな』

菅原道真が九州の太宰府に左遷されるときに詠んだ有名な歌である。私も国語の授業で習って知っている。自分がいなくなっても、京都の自邸の梅が太宰府まで匂いを届けてくれるように、という切ない歌。

道真公は死後恨みをもって朝廷に雷を落とし、その怨霊を鎮めるために神として祀られるようになった。こんな優しそうな神様なのに、怨霊になるくらいの恨みを持って亡くなった人なのだ。

伊吹さんも神様になる前は、天神様のようなつらい思いをしたのだろうか。満月になると苦しむのも首の傷跡も……鬼だったときの名残なのだろうか。

やっぱり私は、伊吹さんのことをもっと知りたい。伊吹さんが隠している過去も含めて。たとえかりそめの夫婦だとしても、それを一緒に背負ってあげることはできないだろうか。伊吹さんのそばで、妻として彼の力になりたいのだ。

「全員がお茶と菓子を口にしたようだね。ではそろそろ投票を始めようか。どちらの店、どちらの菓子を作った職人に加護を授けるのか」

天神様が配った和紙に好きなほうのお菓子を書くという手法で天神モンドセレクションは進んでいく。

「みな、書き終わったね。では私が開票しよう」

折られた和紙が天神様の元に集められ、一票ずつ開いて読み上げられる。

花びら餅、梅、花びら餅。

両手の指を使って票を数えているけれど、僅差でどちらが勝つかわからない。

そして、最後の開票になった。

「これで最後だね。今のところ票は同数か。では、この票ですべてが決まるというわけだ」

――どくん、どくん。

心臓がうるさい音をたてる。天神様が票を開くまでの数秒が、何倍にも引き延ばされて感じた。

そして、ついに運命の瞬間が来た。

「最後の票は――梅の練り切り」

天神様の声が響き、私と伊吹さんは顔を見合わせた。顔全体で驚いて、そのあとに満面の笑みになる。

「やったな」

「はい」

涙目になりつつ言葉を交わしていると、周りの神様がみんな立ち上がり移動を始めた。どうやら釜を中心にして円状に並んでいるみたいだ。

「では今年は、この菓子を作った朱音堂とその職人に加護を与えよう。ふたりとも、みなの中心に来なさい」

神様たちが作った円の中に入ると、ふわりと光の粒子が舞い上がった。梅の花の匂いも強く感じる。

「いつもは遠くから念じるだけなのだけどね。今日はせっかく本人がここにいるのだから、ちょっと派手なことをしてみたくてね」

ふふふ、と照れたように微笑む天神様は、なんだかかわいい。おじいちゃんとは似ていないのに時折雰囲気が重なることがあって……。

私、会ったばかりなのに天神様が好きだ。神様としてというか、ひとりの人間として。

「では、私から参ろう」

天神様が両手を前に出し、ひとことふたことなにかをつぶやく。すると、光でできた梅の花びらが私と伊吹さんに吸い込まれていった。

「私は学問と芸事の神だからね。今以上に和菓子作りが上達するように加護を与えたよ」

ほかの神様も、順にそれぞれのやり方で加護を与えてくれる。弁天様は琵琶をワンフレーズ奏でることで、ほかの神様は触れたり舞ったりすることで。

全員の儀式が終わるころには、私は知恵熱を出しそうになっていた。

「なんだか身体が熱くて、ぼうっとします」

「ほっほっほ。神気《しんき》にあてられたかね。人間の身体に悪いものではないから安心しなさい。じきにおさまるだろう」

おかしそうに笑いながら、天神様は私に向かって優しくうなずいた。

神気……、神様の力を一度にたくさん取り込んだから身体がびっくりしているということなのだろうか。

「今日は君たちに会えて楽しかったよ。天満宮に来たら、いつでも声をかけなさい」

この人は気さくにとんでもないことを言い出す。天神様といったら生前は左大臣、神様になってからもすごい人なのに、一般人の私が呼び出していいものだろうか。

「は、はい……。機会があれば」

引きつった笑顔になったけれど、そんな機会が来るとは思えない。でも、天神様にはまたお会いできたらいいな。

「みな、今日は集まってくれてありがとう。結界を張っておくのにも疲れたし、これで解散としよう。……では」

天神様がぱちんと扇子を閉じた瞬間、野点の設営もたくさんいた神様たちも煙のように消えていた。梅の花も、さっきまで咲いていたのが嘘のように冬の寒々しい枝に戻っている。

「弁財天まで帰ったか……。あいつ、茶では足りなくて酒をくらう魂胆だな」

花よりも団子よりもお酒とおつまみ、というのはとても弁天様らしくて、これから酒盛りを始める姿を想像したら頬がゆるんだ。

そして、晴れ晴れとした顔をしている伊吹さんを見上げる。

「私たちも、帰りましょうか」

「そうだな」

自然に手をつなぎ梅苑の道を戻っていると、来たときとは違う高揚感があった。

「伊吹さん……ありがとうございます」

隣を歩く伊吹さんの肩の辺りに声をかける。

「なにがだ」

「あの、梅の練り切りのことです。私も意表をつくようなお菓子を作ればいいと思っていました……。小倉さんのお菓子に勝てたのは伊吹さんのおかげです」

私がアイディアを出していたら、きっと天神様を満足させるお菓子は作れなかっただろう。この点に関しては、呪いにかかっていたことが功を奏したとも言える。

「あの菓子を食べた経験があったから作れたんだ。だからこの勝利は元をたどれば、お前とお前の祖父のおかげだ」

伊吹さんは首を横に振り、言い聞かせるようにつぶやいた。

「そんなこと、ないです」

しばらく無言で歩いていたが、大きく深呼吸して「……伊吹さんは」とつぶやき歩をゆるめる。

「いつどこで祖父の練り切りを食べたことがあるんですか？　供えられたものじゃないと食べられないって、以前言っていたのに」

なるべく軽い口調になるようにしたのに、見つめる瞳の真剣さで緊張しているのがバレてしまったかもしれない。

「……茜」

伊吹さんはつないだ手を離して、私と向き合った。

「不安な顔をさせてしまってすまない。お前が、俺の過去について聞きたそうにしていることに気づいていた。それなのに、この話をするのを避けていた」

「伊吹さん……」

やっぱりバレバレだったのかと思うとともに、これから重大なことを打ち明けられる予感で心臓がドキドキと音をたてる。

「最初に、お前は俺にとって特別だという話をしたな」

「……はい」

伊吹さんが鬼化し、結婚することになった夜のことだ。あのときは、私が和菓子を作れるから特別だと思ったのだけれど……。

「実は、俺はお前のこともお前の祖父のことも、ずっと昔から知っていた。あの、梅の練り切りの味も」

なにを話されても驚かない覚悟をしていたのに、さすがに予想外すぎて目をみはってしまう。

「えっ……？　私と伊吹さんは、過去に出会っていたっていうことですか？」

「ああ。今はまだ、このくらいしか言えない。すまない」

伊吹さんはうなずいてから頭を下げたけれど、私はまだ混乱していた。

ずっと昔ということは、私が子どものころだろうか。いくら小さくても、こんな美形に会ったら忘れられないと思うのだが、まったく覚えがない。

「いつか時が来たらすべて話す。約束する。でも今は待っていてくれないか。せめて、お前の祖父の店を取り戻すまで」

伊吹さんが私の手を取る。その覚悟を決めたような表情に、私は目を奪われた。

「……はい」

ぎゅっと、伊吹さんの手を握り返す。

「話してもらえないこと、ずっと不安に思っていました。私は伊吹さんの過去も全部、一緒に受け止めたいです」

心の中にあった想いを、やっと口にできた。泣きそうになりながら伊吹さんを見上げると、伊吹さんも涙をこらえるようにくしゃりと表情をゆがませていた。

「茜……」

甘い声で名前を呼び、伊吹さんはゆっくり私を抱き寄せた。

「もうお前を不安にさせたりしない。ひとりになんてしない。必ず守るから、俺を信じてくれ」

じわっとまぶたが熱くなり、大粒の涙が頬にこぼれた。

これは私が欲しかった言葉だ。だれよりも伊吹さんから、聞きたかった言葉。

次から次へとあふれる涙が、伊吹さんの胸元に吸い込まれていった。

「はい。伊吹さん……」

しゃくり上げながら返すと、伊吹さんの腕の力が強くなる。

そのまましばらく抱き合い、私の涙が止まったころ静かに離れた。ぐしゃぐしゃの顔を見られるのに恥ずかしさを感じながら上を向くと、まつげに残った涙のしずくを伊吹さんが指で優しくぬぐってくれた。

「こんなに泣かせるなんて、夫失格だな」

「これは、うれし涙ですから」

再び手をつないで歩き始めたが、梅苑の景色がさっきまでとは違って見えた。

「そうだ、茜。あと俺が気になっているのは呪いのことだ。お前、最近小豆洗い以外のあやかしに接触したか？　もしくは神様らしいやつに会ったか？」

　ふと思い出したように伊吹さんが問いかける。

「いえ、そういうことはなかったです……。ほかのあやかしにも神様にも会っていません」

「そうか……。となると、相手は姿を隠して呪いをかけた可能性が高いな」

「でも、どうして私に呪いをかけたんでしょうか」

　呪いをかけた相手や呪いの内容よりも、私が気になっていたのはその点だ。もし知らないうちにだれかに恨みをかっていたらと考えると怖い。

「小倉が茶会の妨害のために……と疑っていたんだが、人ではないらしい。だからといって小倉が無罪だとは思えないが、いたずら好きのあやかしに通り魔的にかけられた可能性もありえるからな……」

「じゃあ、きっとそれですね。私、外を歩くときによくぼうっとしてるから、いたずらされたのかもしれません」

　無差別ないたずらと聞いてホッと胸をなで下ろす。小倉さんを疑うより、そっちのほうがずっと納得できる。

「……でも、あの夢が気になる」

「え？　なんですか？」

「いや……。お前に俺の神気がついていたから、あやかしの目に留まったんだろう。これからはちゃんと守る」

つながれた手がぎゅっと強く握られる。触れた手のひらからじわじわと熱がのぼってくるのを感じた。

「はい。ありがとうございます」

バス停につくと、思いついたように伊吹さんが口を開いた。

「そうだ。少し寄りたいところがあるんだが身体は大丈夫か？」

「はい、もう熱っぽさもだいぶ消えました」

「じゃあ、悪いが付き合ってくれ」

このときは『伊吹さんでも寄り道がしたいんだなあ』と微笑ましく感じていた。

しかし、私たちが降りたバス停は祇園のそば。目の前に広がるのは見知った景色だった。

「あ、あの、伊吹さん。寄りたいところってまさか」

なんだか嫌な予感がする。たずねると、伊吹さんは私の手を引いたまま歩幅を広くする。

「さあな」

「ちょ、ちょっと、速い……！」

ずるい。これじゃ、ついていくのが精いっぱいで声が出せない。

「あの、まさか、くりはらに……」

ハアハアと呼吸する間に必死で声を出したにもかかわらず、私たちはあっという間に和菓子くりはらの前についていた。しかもちょうど小倉さんがお店の扉から出てきたところだった。

「お前たち……！」

私たちに気づいて足を止めた小倉さんは、苦虫を噛みつぶしたような顔でこちらを見ている。さっき伊吹さんに胸ぐらをつかまれたことを相当根にもっているようだ。

「お前はまだ知らないようだから教えてやる」

なぜか私の肩を抱き、わざわざ小倉さんに進み寄る伊吹さん。

「茶会では俺たちの菓子が選ばれた。俺たちの勝ちだ」

伊吹さんの宣言を聞いた小倉さんは目を丸くしていた。

「なんやて……!?　そんなはずは」

「この店も、いずれ俺たちが取り戻す。せいぜい首を洗って待っているんだな」

「くっ……」

動揺のせいか、小倉さんはなにも言い返せないようだった。

「気がすんだ。帰るぞ」

強引に手を引く伊吹さんについていきながら、梅苑での言葉を思い出す。

契約で始まった私たちの関係。でも今はそれだけじゃないって、考えてもいいのかな。祖父の店を取り戻したその先にも未来があるって、期待してもいいのかな。

どうかそうありますようにと、伊吹さんの大きな背中を追いながら願った。


そして、天神モンドセレクションの翌日。無事に味覚が戻ったので、私たちは朱音堂を開店させた。

お茶会で加護をいただいたおかげか、店は日増しに繁盛していく。梅の形の練り切りは、『昔ながらの伝統の味』と銘打って、新たな看板商品になった。

弁天様や、そしてなんと天神様もおしのびで店に通ってくれるようになり、毎日がとてもにぎやかだ。

ふたりでお店を回すのにも限界がきたため、土日は千草にレジ打ちのバイトに入ってもらっていたのだが……。

「伊吹さん。そろそろアルバイトの人を正式に雇いませんか？　千草もこれから大学の試験などがあって、毎週手伝いには来れなくなるみたいで」

そう提案し、店の外に貼るアルバイト募集のチラシを作ることになった。

「伊吹さん。この辺でどうでしょう」

「いいんじゃないか？」

開店前に、玄関扉のガラス部分と外壁にふたりでチラシを貼る。

そういえばこの前、大学生くらいの青年にアルバイトを募集していないか聞かれたっけ。もう少し遅かったらタイミングが合ったのにな、と残念に思う。

「これでよし、っと」

貼り終えて店の中に戻ろうとしたとき、珍しく伊吹さんが身震いをした。

「伊吹さん？　どうかしましたか？」

寒さは感じないはずなのに震えるなんてどうしたのだろう。

「……なんだか、悪い予感がする」

よく聞こえなくて首をかしげると、伊吹さんは「いや、気のせいだろう」と大きな手を私の頭にぽんとのせた。

お茶会の日に聞かされた、私と伊吹さんが過去に出会っていたことについては、まだ思い出せていない。でも彼の言葉を信じて、打ち明けてくれるのを待っていようと思う。

祖父を亡くし、店も奪われ、天涯孤独で立ちつくしていた私を救ってくれた人。今はこの時間を大切にしたい。伊吹さんのそばにいられることが、とても幸せだから。

びゅう、と一月の冷たい風が吹いて、私の熱くなった頬をなでていく。

このときの私は、幸せで、希望にあふれていて。これからやってくる春がおだやかなものであると信じて疑わなかった――。

END

あとがき

こんにちは、栗栖ひよ子です。このたびは、『京の鬼神と甘い契約～天涯孤独のかりそめ花嫁～』をお手に取ってくださり、ありがとうございます。

京都・和菓子・神様・契約結婚と、ときめく要素たっぷりのこの作品、楽しんでいただけましたでしょうか？

いつものほっこり作品と違うスリリングな出だしで、驚かれた読者さまもいらっしゃるかもしれません。初めての挑戦が多く、私も楽しんで書かせていただきました！

まだ謎に包まれている伊吹の正体については、鋭い読者さまは気づいているかもしれませんね。残された謎や伏線は、続編でキレイに回収される予定なので、楽しみにお待ちいただけるとうれしいです。

本当は京都を訪れてから今作を書き進めたかったのですが、世の中の状況もあり、取材が叶わぬまま、今までの京都旅行の記憶をかき集め、ガイドブックとにらめっこしながら書きました。

この本が出るころには少しでも落ち着いた生活に戻れていますように。そして少しでも、みなさまの『旅行に行きたい欲』や『おいしい和菓子を食べたい欲』を満たすことができたなら幸せです。

執筆期間は、いろんな和菓子を買ってきて食べていました。私の地元も『和菓子の町』と呼ばれるくらい和菓子屋さんの多い町なのですが、その理由がわかった気がします。

特別な日ではなく、ホッとひと息つきたい日常の中で食べたくなるのは、昔から変わらない和菓子なのではないでしょうか。どら焼きや大福の優しい甘さに癒やされて、緑茶を飲みながら家族と会話する。そんな景色がきっと、地元にも京都にもたくさん転がっているのだろうと思いました。

最後になりましたが、『次回作は和菓子でいきませんか』と提案してくださった担当の森上さま、編集作業でお世話になったヨダさま、そして色っぽい伊吹&茜の素敵なカバーイラストを描いてくださった漣ミサさま。本当にありがとうございます。

また近いうちにお目にかかれたらうれしいです。

栗栖ひよ子

この物語はフィクションです。実在の人物、団体等とは一切関係がありません。

栗栖ひよ子先生へのファンレターのあて先
〒104-0031　東京都中央区京橋1-3-1　八重洲口大栄ビル7F
スターツ出版（株）書籍編集部 気付
栗栖ひよ子先生

京の鬼神と甘い契約
～天涯孤独のかりそめ花嫁～

2021年8月28日　初版第1刷発行

著　者　栗栖ひよ子　

発 行 人　菊地修一
デザイン　フォーマット　西村弘美
　　　　　カバー　北國ヤヨイ
編　　集　森上舞子
発 行 所　スターツ出版株式会社
　　　　　〒104-0031
　　　　　東京都中央区京橋1-3-1　八重洲口大栄ビル7F
　　　　　出版マーケティンググループ　TEL 03-6202-0386
　　　　　（ご注文等に関するお問い合わせ）
　　　　　URL　https://starts-pub.jp/
印 刷 所　大日本印刷株式会社

Printed in Japan

ISBN　978-4-8137-1142-1　C0193

スターツ出版文庫　好評発売中!!

『今夜、きみの声が聴こえる～あの夏を忘れない～』　いぬじゅん・著

高２の咲希は、幼馴染の奏太に想いを寄せるも、関係が壊れるのを恐れて告白できずにいた。そんな中、奏太が突然、事故で亡くなってしまう。彼の死を受け止められず苦しむ咲希は、導かれるように、祖母の形見の古いラジオをつける。すると、そこから死んだはずの奏太の声が聴こえ、気づけば事故が起きる前に時間が巻き戻っていて――。咲希は奏太が死ぬ運命を変えようと、何度も時を巻き戻す。しかし、運命を変えるには、代償としてある悲しい決断をする必要があった…。ラスト明かされる予想外の秘密に、涙溢れる感動、再び！

ISBN978-4-8137-1124-7／定価682円（本体620円＋税10%）

『余命一年の君が僕に残してくれたもの』　日野祐希《ひのゆうき》・著

母の死をきっかけに幸せを遠ざけ、希望を見失ってしまった瑞樹。そんなある日、季節外れの転校生・美咲がやってくる。放課後、瑞樹の図書委員の仕事を美咲が手伝ってくれることに。ふたりの距離も縮まってきたところ、美咲の余命がわずかなことを突然打ち明けられ…。「私が死ぬまでにやりたいことに付き合ってほしい」――瑞樹は彼女のために奔走する。でも、彼女にはまだ隠された秘密があった――。人見知りな瑞樹と天真爛漫な美咲。正反対のふたりの期限付き純愛物語。

ISBN978-4-8137-1126-1／定価649円（本体590円＋税10%）

『かりそめ夫婦の育神日誌～神様双子、育てます～』　編乃《あみの》　肌《はだ》・著

同僚に婚約破棄され、職も住まいも全て失ったみずほ。そんなある日、突然現れたのは、水色の瞳に冷ややかさを宿した美神様・水明。そしてみずほは、まだおチビな風神雷神の母親に任命される。しかも、神様を育てるために、水明と夫婦の契りを結ぶことが決定していて…⁉「今日から俺が愛してやるから覚悟しとけよ？」強引な水明の求婚で、いきなり始まったかりそめ家族生活。不器用な母親のみずほだけど、「まぁま、だいちゅき」と懐く雷太と風子。かりそめの関係だったはずが、可愛い子供達と水明に溺愛される毎日で――⁉

ISBN978-4-8137-1125-4／定価682円（本体620円＋税10%）

『後宮妃は龍神の生贄花嫁　五神山物語』　唐澤和希《からさわかずき》・著

有能な姉と比較され、両親に虐げられて育った黄煉花。後宮入りするも、不運にも煉花は姉の策略で身代わりとして恐ろしい龍神の生贄花嫁に選ばれてしまう。絶望の淵で山奥に向かうと、そこで出迎えてくれたのは見目麗しい男・青嵐だった。期限付きで始まった共同生活だが、徐々に距離は縮まり、ふたりは結ばれる。そして妊娠が発覚！しかし、突然ふたりは無情な運命に引き裂かれ…「彼の子を産みたい」とひとり隠れて産むことを決意するが…。「もう離さない」ふたりの愛の行く末は⁉

ISBN978-4-8137-1127-8／定価660円（本体600円＋税10%）

スターツ出版文庫　好評発売中!!

『僕らの奇跡が、君の心に届くまで。』　音《おと》はつき・著

幼い頃に家族を失い、その傷に蓋をして仲間と明るく過ごす高３の葉。仲間のひとりで片想い中の胡桃だけが、心の傷を打ち明けられる唯一の存在だった。しかし、夏休みのある日、胡桃が事故で記憶を失ってしまう。多くの後悔を抱えた葉だったが、ある日気づくと、夏休みの前に時間が戻っていて…。迎えた二度目の夏、胡桃との大切な日々を“使い果たそう”と決意する葉。そして彼女に降りかかる残酷な運命を変えるため、ひとり“過去”に立ち向かうけれど――。ラスト、涙が溢れる青春感動傑作！

ISBN978-4-8137-1111-7／定価671円（本体610円+税10%）

『あの夏、僕らの恋が消えないように』　永良《ながら》サチ・著

「私はもう二度と恋はしない――」幼いころから好きになった異性の寿命を奪ってしまう奇病を持つ瑠奈。大好きな父親を亡くしたのも自分のせいだと思い込んでいた。そんなある日、幼馴染の十和と再会。彼に惹かれてしまう瑠奈だったが「好きになってはいけない」と自分に言い聞かせ、冷たくあしらおうとする。しかし、十和は彼女の秘密を知っても一緒にいようとしてくれて――。命を削ってもなお、想い続けようとするふたりの切なく狂おしい純愛物語。

ISBN978-4-8137-1112-4／定価649円（本体590円+税10%）

『お伊勢 水神様のお宿で永遠の愛を誓います』　和泉《いずみ》あや・著

千年の時空を越えて恋が実り、晴れて水神様ミヅハと夫婦になったいつき。ミヅハは結婚前のクールな態度が嘘のように、いつきに甘い言葉を囁き溺愛する日々。幸せいっぱいのいつきは、神様とあやかしのお宿「天のいわ屋」の若女将として奮闘していた。そんなある日、ミヅハが突如、原因不明の眠りに落ちてしまう。さらに陰陽師集団のひとり、平がいつきに突然求婚してきて…⁉そこは千年前から続く、とある因縁が隠されていた。伊勢を舞台にした神様と人間の恋物語、待望の第二弾！

ISBN978-4-8137-1113-1／定価649円（本体590円＋税10%）

『夜叉の鬼神と身籠り政略結婚二～奪われた鬼の子～』　沖《おき》田《た》弥《や》子《こ》・著

一夜の過ちから鬼神の顔を持つ上司・柊夜の子を身籠ったあかり。ただの政略結婚だったはずが、一歳に成長した息子・悠の可愛さに、最強の鬼神もすっかり溺愛夫（パパ）に。そんな中、柊夜のライバルの鬼神・神宮寺が夫婦に忍び寄る。柊夜はあかりのためにサプライズで結婚式を用意するが、その矢先、悠がさらわれて…⁉悠のために生贄として身を差し出そうとするあかり。しかし、彼女のお腹には新しい命が宿っていた――。愛の先にあるふたりの運命とは？ご懐妊シンデレラ物語、第二弾！

ISBN978-4-8137-1110-0／定価671円（本体610円+税10%）

書店店頭にご希望の本がない場合は、書店にてご注文いただけます。